Joana Peters

Liesel
1918 – 2019

Biografie einer 101-jährigen

Joana Peters

Liesel

1918 – 2019

Liesel hat unter
den schwierigsten Lebensbedingungen,
die wir je in Deutschland hatten,
für uns heute
Undenkbares durchgemacht.

Bibliografische Information der Deutschen Nationalbibliothek:

Die Deutsche Nationalbibliothek verzeichnet diese Publikation in der Deutschen Nationalbibliografie; detaillierte bibliografische Daten sind im Internet über http://dnb.dnb.de abrufbar.

© 2020 Joana Peters 2. Auflage

Illustration: Joana Peters

Covergestaltung: Joana Peters

Textgestaltung: Joana Peters

Textnachweis: CHEMNITZGESCHICHTE.DE, Wikipedia; maximo

www.maximo-strickmoden.de

Bildnachweis: Aus Privatbesitz von Liesel und Joana Peters, Pixabay, CHEMNITZGESCHICHTE.DE

www.chemnitzgeschichte.de

Deutsche Fotothek mit den Fotografen: Franz Grasser, Richard Peter jun., Erich Höhne/Erich Pohl, Richard Peter sen., Paul Schulz, Alwin Reichel, Wolfgang Knochenhauer, Erich Meinhold, Rudolf Zimmermann, Elfride Apel, Hermann Krauße, Bonitz, Alwin Reichel, Norbert Vogel, Grahn Berlin, Manfred Thonig, Friedrich Weimer, Christian Borchert, Manfred Uhlenhut, Arthur Krause, Erich Höhne-Erich Pohl, Wolfgang Schröder G., Roger & Renate Rössing, Günther Hanisch, Johannes Meister, Paul John W., Fritz Eschen, Beckmann, Kurt Beck, Verwalter Gerhart Bettermann, Franz Stoedtner, Abraham Pisarek, Siegfried Bonitz, Erich Andres, Erich Heller, Germina und vielen unbekannten Fotografen.

www.deutschefotothek.de

Herstellung und Verlag: BoD – Books on Demand, Norderstedt

ISBN: 9783749407880

Alle Rechte zum Buch liegen bei Joana Peters

www.joanapeters.de

Inhaltsverzeichnis

„Mein Leben wurde geprägt durch
zwei Weltkriege, Hungersnot, Elend,
Angst und Tod."

Der Zug des Lebens

Das Leben ist wie eine Zugfahrt,

mit all den Haltestellen,

Umwegen und

Unglücken.

Wir steigen ein,

treffen unsere Eltern und denken,

dass sie immer mit uns reisen,

aber an irgendeiner Haltestelle werden sie aussteigen

und wir müssen unsere Reise ohne sie fortsetzen.

Doch es werden viele Passagiere in den Zug steigen,

unsere Geschwister, Cousins, Freunde,

sogar die Liebe unseres Lebens.

Viele werden aussteigen und eine große Leere hinterlassen.

Bei anderen werden wir gar nicht merken,

dass sie ausgestiegen sind.

Es ist eine Reise voller Freuden,

Leid, Begrüßungen und Abschied.

Der Erfolg besteht darin, zu jedem eine gute Beziehung zu haben.

Das große Rätsel ist:

Wir wissen nie, an welcher Haltestelle wir aussteigen müssen.

Deshalb müssen wir leben,

lieben, verzeihen und immer das Beste geben!

Denn wenn der Moment gekommen ist,

wo wir aussteigen müssen und unser Platz leer ist,

sollen nur schöne Gedanken an uns bleiben und

für immer im Zug des Lebens weiterreisen!

Ich wünsche euch, dass eure Reise jeden Tag schöner wird,

ihr immer Liebe,

Gesundheit und Erfolg im Gepäck habt.

(Verfasser unbekannt)

Vorwort

Liesel wurde am 04. April 1918
in Rabenstein/Chemnitz geboren.
Am 04. April 2019, genau 101 Jahre später, hatte ich,
zusammen mit meiner kleinen Familie, die große Ehre,
ihr außergewöhnliches Jubiläum zu feiern.
Mit großer Ehrfurcht, Respekt und Anerkennung
gratulierten wir unserer Oma Liesel zu ihrem

101. *Geburtstag*.

Ich persönlich hatte das Glück, als Ehefrau eines ihrer
Enkelsöhne, sie vierzig Jahren kennen
und lieben zu dürfen.
Ihr beeindruckendes Leben gab mir den Anlass,
dieses Buch zu schreiben.
Ich wünsche Ihnen spannende Lesestunden.
Ihre Joana Peters

Liesel Vorfahren

Liesel hatte aus der Zeit, bevor sie geboren wurde oder sich selbst zurückerinnern konnte, nur wenig Informationen zu ihren Vorfahren. Damals war es nicht üblich so viel über die traurigen Erlebnisse, die ihre Mutter und ihre Großeltern in dieser Zeit erleben mussten zu sprechen. Man nahm die Lebensumstände damals an, so wie sie waren, und versuchte, das Beste aus den oft ausweglosen Situationen zu machen.

Oft fragten Liesel und ihr Bruder Erwin in ihrer Kindheit nach ihrem Vater. Doch damals sagte man ihnen nur, er sei schon verstorben.

Erst als ihr Bruder Erwin und sie, kurz vor ihrer Konfirmation standen, begannen ihre Mutter Hilde und ihre Großmutter Marta sehr zögerlich damit, ihren Kindern von dessen Vergangenheit und von ihren Vorfahren zu erzählen.

Hilde erzählte ihnen, dass ihre Eltern schon zwei Jahre lang ein Paar waren, als der Erste Weltkrieg am 14. Juli 1914 begann.

Es war ein Krieg, den die gesamte Welt bis dahin noch nicht erlebt hatte. Kurz nach seinem Ausbruch wurde unter der Bevölkerung bekannt, dass die wichtigsten Weltmächte schon sehr lange mit einer unverwechselbaren Aufrüstung begonnen hatten.

Ihre Mutter Hilde erzählte ihnen, dass damals sofort die
Preise für Lebensmittel und Heizmaterial explodierten
und dass Familien kaum eine Chance hatten, ihre Kinder
überhaupt satt zu bekommen. Zu dieser Zeit waren die
Mütter meist Hausfrauen, da es kaum Einrichtungen
gab, die die Kinder beaufsichtigen.
Die Väter waren fast alle an der Front um ihr Königreich,
zu verteidigen.

Sie erzählte ihnen von dem bitterkalten Winter 1916/1917, der auch als Kohlrübenwinter bekannt war.

Der Großteil der Bevölkerung musste sich damals fast nur von Kohlrüben ernähren.

Dazu trafen in den Jahren 1914/15 auch in Sachsen unzählige Flüchtlings- und Evakuierungstransporte aus Serbien ein. Auch diese Menschen musste man satt bekommen.

Oft erzählte ihre Mutter Hilde davon, wie sich zu dieser Zeit die Hungersnot unaufhaltsam ausbreitete, wie vorhandene Lebensmittel vom Staat beschlagnahmt wurden und über Lebensmittelkarten an die notleidende Bevölkerung verteilt wurden. Wie klein die Rationen pro Tag und pro Person waren, es wurden, eine Hand voll Brot, zwei Löffel Margarine und etwas Zucker auf

Bezugsmarken ausgegeben. Milch und Fleisch gab es so gut wie nie für die notleidende Bevölkerung.

Mit traurigen Augen erzählte Liesels Mutter davon,
dass etwa
700.000 Menschen
nur allein
in Deutschland
im Ersten Weltkrieg
verhungerten.

Liesel und ihr Bruder erfuhren, dass aufgrund
der politischen Situation und des
verheerenden Krieges mit seinen Folgen,
ihre Eltern Hilde und Max im Februar 1916 heirateten.

Sie hofften, dass Max damit ein höheres Anrecht
auf Heimaturlaub bekommen würde.

Sie berichtete, dass Max nur zwei Tage nach der
Hochzeit als
Soldat und Sanitäter an die Ostfront geschickt wurde,
um sein Königreich zu verteidigen.

Was zu dieser Zeit noch keiner wissen konnte,
Hilde war im zweiten Monat schwanger.
Diese Situation machte die gesamten Lebensumstände
der Familie nicht leichter.

Sie erzählten davon, wie ihr Vater Max mit unzähligen Kameraden in Eisenbahnwaggons nach Russland gebracht wurde. Liesel und ihr Bruder erfuhren, dass schon die Fahrt dahin für alle unerträglich war, da es fast nichts zu essen gab und die Güterwagen, in denen die Männer auf engsten Raum untergebracht waren, eiskalt waren. Dazu kam die Trauer aller Mitreisenden, nicht zu wissen, ob sie jemals ihre Familien wiedersehen werden.

Hilde erzählte zögerlich von der Zeit, als sie dann drei Monate nichts von ihrem Mann Max hörte, erst dann konnte er damit beginnen, sich bei Hilde mit einem Brief von der Front zu melden.

Somit konnte sie ihm damals mit sehr viel Freude mitteilen, dass sie im September 1916 das erste Mal Eltern werden.

Traurig erzählte sie ihren Kindern, was Max in Russland zusammen mit seinen Kameraden, alles erleben und ertragen musste.

Und wie sehr ihm seine Frau damals so fehlte. Er machte sich viele Sorgen um Hilde und um das ungeborene Kind.

Mit Grauen erfuhren Liesel und ihr Bruder, dass ihr Vater Max, die meiste Zeit damals im Schützengraben verbringen musste. Wie schlimm die Tage und Nächte für die Soldaten bei eisiger Kälte waren.

Wie der beißende Gestank der Feldgruben, in denen die Soldaten ihre Notdurft verrichteten, stanken und der Anblick sowie der unerträgliche Geruch der verwesenden Leichen nicht nur in den heißen Monaten für alle kaum zu ertragen waren.

Wie Nagetiere, Ungeziefer und Parasiten über die Soldaten klettern, wenn sie sich für ein paar Minuten zum
Schlafen im Graben hingelegt hatten.

Jetzt war Hilde der Meinung ihre Kinder seien alt genug,
um die ganze Wahrheit zu erfahren. Sie erzählte zusammen mit ihrer Mutter Marta den Kindern davon, dass ihr
Vater Max von all dem kein Wort in seinen Briefen an
seine Frau schrieb, er wollte nicht, dass sie sich in ihrem
Zustand große Sorgen um ihn machte. Er hielt es mit der

Wahrheit so wie tausende andere Soldaten in ihren Briefen, die sie nach Hause zu ihren Familien schickten.

Auch dass unzählige Kameraden so wie er an Hunger lit-
ten, oft vor Durst keine Kraft mehr hatten und daraufhin
an Durchfall, Cholera oder Typhus erkrankten und deshalb in einem der vielen Lazarette behandelt werden

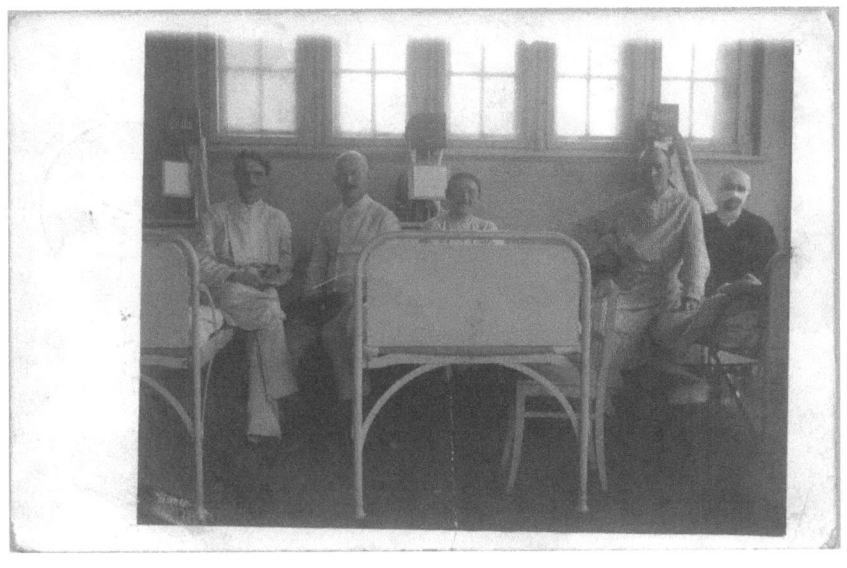

Bildnachweis, © SLUB Dresden / Deutsche Fotothek / Fotograf unbekannt

mussten, erzählte er erst Hilde an seinem ersten Fronturlaub, als er ganz allein mit ihr war.

Hilde wohnte zu dieser Zeit noch bei ihren Eltern Marta und Fritz, sie durfte eine kleine Kammer ihr Eigen nennen. Ihre Mutter Marta war Hausfrau und ihr Vater Fritz ging täglich als Schwerstarbeiter in die Wanderer – Werke.

Die Wanderer-Werke waren ein bedeutender deutscher Hersteller von Fahrrädern, Motorrädern, Autos, Lieferwagen, Werkzeugmaschinen und Büromaschinen, der im Jahr 1885 in Chemnitz gegründet wurde.

Bisher arbeitete Hilde in Chemnitz/Rabenstein als Hilfsarbeiterin in einer Textilfabrik, um ihre Familie in dieser schweren Zeit mit zu unterstützen.

Wenn Hilde von der Zeit im September 1916 erzählte, hörte Erwin besonders gut zu. Es war das Jahr, in dem er geboren wurde.
Nur eine Woche nach der Geburt ihres Sohnes musste Hilde wieder arbeiten gehen, um für ihr Kind und sich selbst sorgen zu können.
Sie legte ihren kleinen Sohn eingepackt in alten Decken, in einen Wäschekorb, welcher zugleich sein Bettchen war und gab ihn morgens gegen 05:00 Uhr zu ihrer Mutter.

Sie beaufsichtigte den Kleinen, bis Hilde wieder am späten Abend zurückkkam.

Nebenher wusch und flickte ihre Mutter Marta für die Soldaten im Ort die Leibwäsche.

Die Not war groß, es gab weder für sie noch für ihr Kind kaum etwas zu essen. Sobald Erwin schrie vor Hunger, reichte ihm seine Großmutter ein in Mehlwasser, Zuckerwasser oder in Kohlrübenwasser getränktes Leinentuch.

An Muttermilch war aufgrund der Kälte und der schweren und unermüdlichen Arbeit der jungen Mutter nicht zu denken.

Windeln gab es zu dieser Zeit nicht, man benutzte für die Babys ausgelesene Zeitschriften oder getragene Kleidungsstücke von Verstorbenen.

Am Abend, wenn Hilde nach fast zwölf Stunden Arbeit nach Hause kam, bekam sie oft das erste Mal am Tag einen kleinen Bissen zu essen.

Meist gab es nur einen Teller dünne Milchsuppe mit einem Löffel Marmelade, eine Kohlrübensuppe oder es wurde aus Kartoffelschalen eine Suppe gekocht. Brot gab es nur sehr selten.

Den Abend verbrachte sie immer nur mit ihrem Sohn, sie erzählte ihm Geschichten und sang ihm Lieder vor, bis er ruhig und zufrieden einschlief.

Hilde erzählte Liesel und ihrem Sohn Erwin davon, wie sehr sie sich gewünscht hätte, dass ihr Max am Weihnachtsfest 1916 bei ihr und ihrem kleinen Baby sein könnte.

Bildnachweis © SLUB Dresden / Deutsche Fotothek / Fotograf unbekannt

Doch man gewährte ihm keinen Fronturlaub. Er musste sein Weihnachtsfest weit weg von der Heimat mit seinen Kameraden in Russland an der Front verbringen.

Mit einem Lächeln erzählte Hilde ihren Kindern, dass Max im Sommer 1917 das erste Mal Fronturlaub erhielt. Er durfte für vier Tage zu seiner kleinen Familie.

Bildnachweis © SLUB Dresden / Deutsche Fotothek / Fotograf Alwin Reichel

Die Freude war groß,
als Max seine Frau und seinen kleinen Sohn
in seine Arme nehmen konnte.

Diesen Fronturlaub nutzten Hilde und Max, um ihren Sohn Erwin in der Kirche Sankt Georg in Rabenstein taufen zu lassen.

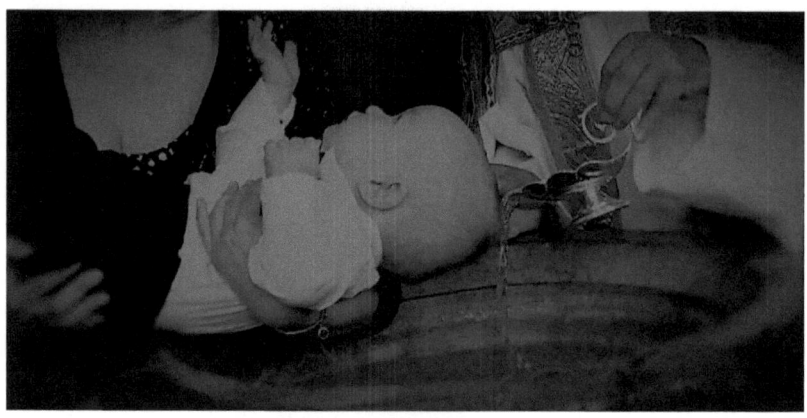

Im September 1917 konnte Hilde ihren Max die frohe Botschaft in einem Brief schreiben, dass sie zum zweiten Mal schwanger sei.
Beide hofften nun so sehr, dass dieser Krieg ein baldiges Ende nehme und die Familie für immer zusammen sein kann!

Doch dann bekam Hilde die traurige Nachricht
von der Ostfront!

Mit zitternder Stimme erzählte Hilde ihren Kindern nur
sehr stockend davon, wie sie die Nachricht davon erhielt,
dass ihr Mann im November 1917
in Russland schwer verwundet wurde.
Er verlor einen Teil seines rechten Beines
im Einsatz an der Front.

Im Januar 1918,

drei Monate vor der Geburt seiner Tochter Liesel,

erlag Max seinen schweren Verletzungen.

Bildnachweis, © SLUB Dresden / Deutsche Fotothek / Fotograf Rudolf Zimmermann

Hilde sagte ihren zwei Kindern, dass ihr Vater auf einem

Militärfriedhof, weit weg von seiner Heimat

und von seiner Familie in Russland beerdigt wurde

und sie nur seine Kennmarke aus Aluminium mit

seinem Namen, Geburtsort, Geburtsdatum,

Benennung seiner Einheit, seiner Kompanie

und seinen Totenschein zugesandt bekam.

Max durfte seinen Sohn Erwin nur einmal während
seines Fronturlaubes im Sommer 1917
sehen und lieben dürfen und bei seiner Taufe dabei sein.

Seine Tochter Liesel durfte er nie
in seinen Armen halten.

Als Liesel und ihr Bruder Erwin einmal allein mit ihrer
Großmutter Marta waren, erzählte sie ihnen,
dass es damals für Hilde keine Zeit zur Trauer gab.

**Die Inflation hatte zu dieser schweren Zeit
ihren Höchststand erreicht.**

Hilde musste wei-
terhin die Versor-
gung der Familie
ganz allein über-
nehmen, so wie die
meisten Frauen
und Mütter zu die-

ser Zeit. Entweder waren die Väter noch an der Front, o-
der lagen schwer verletzt in einem Lazarett. Selbst wenn
sie es geschafft hatten, aus dem Krieg zu ihren Familien
zurückzukehren, waren sie von ihren Erlebnissen an der
Front zu stark traumatisiert, um einer Arbeit nachzuge-
hen.

Es gab nur ganz wenig Lebensmittel, bezahlt wurde
meist nur mit Lebensmittelkarten oder mit Gutscheinen,
die die Bevölkerung erhielten.

Dringend notwendige Kleidung wurde von Marta und
Hilde, entweder in mühevoller Handarbeit umgearbeitet
oder man hat gestrickte Kleidung aufgetrennt und aus

der gewonnenen Wolle ein neues Kleidungsstück gestrickt. Manchmal bekam sie in ihrer Textilfabrik kleine
Reste von Stoffen, aus ihnen wurden immer Kleidungsstücke für Erwin oder für das noch ungeborene Kind ge-
schneidert.

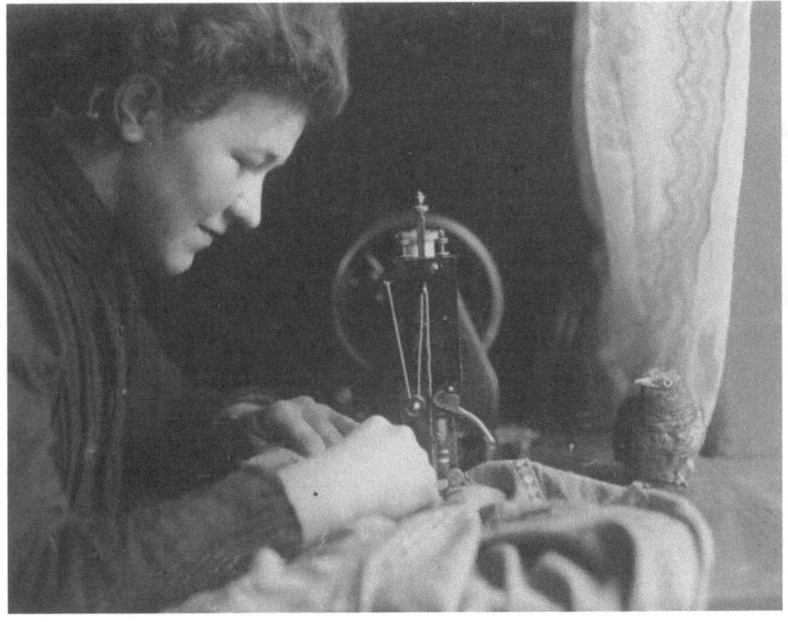

Abgelaufene und kaputte Schuhe brachte Oma Marta
zum Schuster, um sie reparieren zu lassen, oft bezahlte

sie illegal dafür mit speziellen Banknoten aus dem Gefangenenlager, die sie auf dem Schwarzmarkt oft als

Wechselgeld bekam. Wenn sie überhaupt kein Geld hatte, um die Reparatur bezahlen zu können und die Schuhe dringend benötigt wurden, dann arbeitete Hildes Mutter Marta, meist die offene Summe beim Schuster mit reinigen seiner Werkstatt ab.

1918 * Liesels Geburt

Oma Marta erzählte ihren Enkelkindern von
Liesels Geburt.

In dieser äußerst schweren Zeit
wurde sie am
04. April 1918 in einer eiskalten Nacht
in Rabenstein/Chemnitz geboren.

Sie erzählte:

„In der Kammer meiner Mutter gab es keine Elektrizität
und kein fließendes Wasser, links und rechts stand jeweils ein Bett, vor dem Fenster stand ein kleiner Tisch
und zwei Stühle. In einer Ecke des Zimmers gab es einen
notdürftigen Waschtisch. Gleich am Eingang gab es einen kleinen Wärmeofen. Ein kaputter Kleiderschrank, an
dem eine Türe fehlte, vervollständigte den Raum."

Hilde hatte nur ein paar alte, kaputte Leinenlaken, die sie auf ihre Strohmatratze zum Schutz legen konnte. Auf einem Stuhl neben ihrem Bett funkelte eine kleine Kerze und es lag eine Sanitätsschere, für das Durchtrennen der Nabelschnur bereit.

Ihr Sohn Erwin war noch keine zwei Jahre alt. Zum Zeitpunkt der Geburt lag er im Bett seiner Oma und schlief.

Am 03. April 1918 gegen Mitternacht war es so weit, Liesel wollte das Licht der Welt erblicken. Man sprach damals noch vom Niedergang der Kindbetterin / Wöchnerin. Da ihre Mutter Hilde aufgrund ihres schlechten Gesundheitszustandes als frische Kriegswitwe es sehr

schwer hatte ihr Kind zu gebären, musste ein von ihrer Mutter hinzugeholter Arzt und eine Helferin aus dem nahegelegenen Lazarett sie bei der Geburt unterstützen. Für eine Fahrt zur nächsten Gebäranstalt war Hilde zu schwach. Nach vier Stunden hatte es Hilde geschafft, mit allerletzter Kraft ihr Baby zur Welt zu bringen. Nachdem Hilde völlig erschöpft ihren Kopf nach vorne beugte, sah sie im schwachen Kerzenschein ihre kleine Liesel, sofort ergriff Liesel die Hand ihrer Mutter. In diesem Moment hatte Hilde ihrer kleinen Tochter versprochen, dass sie immer für sie sorgen würde, egal was kommt.

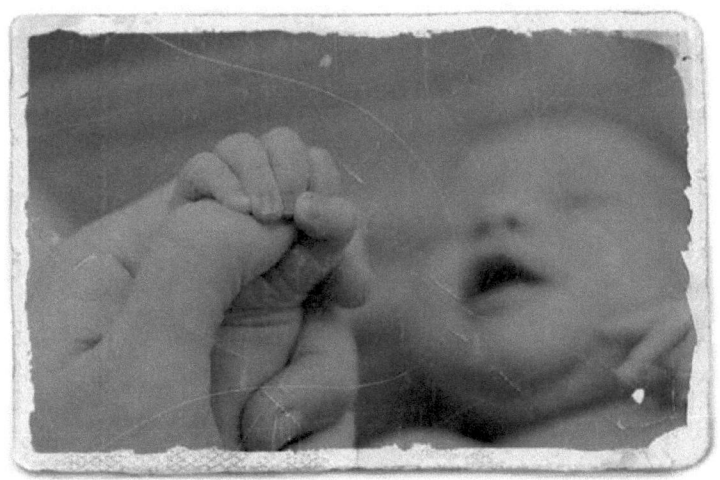

Nun brachte Hildes Mutter die Petroleumlampe zum Leuchten, damit der Arzt die Nabelschnur durchtrennen und Hilde die notwendige Nachsorge geben konnte.

Die Helferin wusch Liesel notdürftig mit etwas warmen Wasser ab und wickelte sie in Leinentücher ein.

Bildnachweis © SLUB Dresden / Deutsche Fotothek / Fotograf Erich Meinhold

Nachdem das Baby versorgt war, legten sie es in die Arme ihrer Mutter.

Von nun an betreute Marta ihre Tochter Hilde und das Baby im Wochenbett, dazu kümmerte sie sich um den kleinen Erwin und um den Haushalt.

Als Liesel drei Tage alt war, erkrankte ihre Mutter, sie bekam hohes Fieber und starke Schmerzen im Unterleib, dazu hatte sie übelriechenden Wochenfluss und starke Blutungen.

Der hinzugeholte Arzt stellte bei Hilde das gefürchtete Kindbettfieber fest.

Marta erklärte ihren Enkelkindern, dass Kindbettfieber eine der Hauptursache für die hohe Wöchnerinnensterblichkeit war. Zusätzlich verschärft wurde die Situation, vor allem von den Ärzten, sie kamen in Berührung mit anderen Kranken und Leichen. Eine Händedesinfektion wurde zur damaligen Zeit nur selten bis gar nicht durchgeführt, somit verschleppten sie häufig tödliche Keime an ihren Händen und Instrumenten in die Geburtswege der Frauen.

Ein benachbarter Landwirt brachte Hilde dann umgehend, in bitterster Kälte mit seinem Pferdewagen, in das Rabensteiner Krankenhaus.

Liesel blieb mit ihrem Bruder bei ihrer Großmutter, sie versuchte mit dem Wenigen, was es an Lebensmitteln überhaupt gab, die zwei Kinder satt zu bekommen. Mit abgekochter Kuhmilch, die mit Wasser, Fencheltee, Soja oder Haferschleim verdünnt und mit Milchzucker teilweise auch mit Natron versetzt wurde, gelang es Marta, die Kinder notdürftig zu ernähren.

Dazu wurden selbst alte Gemüseabfälle zu einem dicken Brei für die Kinder zubereitet. Das Kochwasser wurde als Getränk gereicht.

Die Hungersnot war nach wie vor auf ihren höchsten Stand.

Besonders dramatisch, sagte Marta, war die Lage für Menschen in den deutschen Heil- und Pflegeanstalten. Dort wurden Tausende als "nutzlose Esser" angesehen und dem Hungertod preisgegeben.

Liesel erfuhr, dass ihre Mutter Hilde den Kampf gegen das Kindbettfieber nach vier Wochen im Rabensteiner Krankenhaus gewonnen hatte. Sie kämpfte damals als Kriegswitwe für ihre beiden Kinder, für ihren Bruder und für ihre Eltern.

Noch sehr geschwächt und nicht belastbar brachte man sie zurück in ihr Elternhaus.

Im Herbst 1918 wurde Liesel, wie ihr Bruder Erwin, in der Kirche Sankt Georg in Rabenstein getauft.

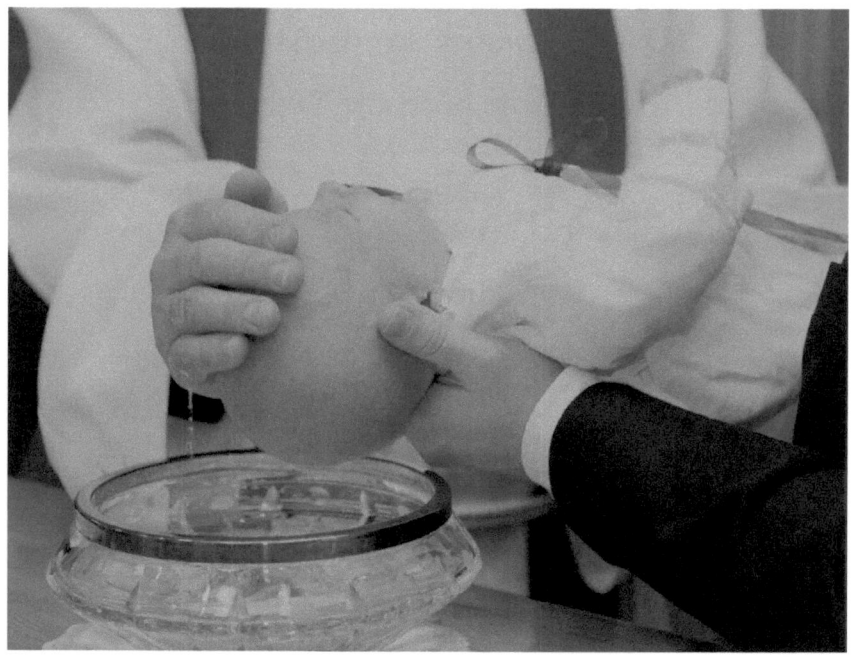

Hildes Eltern Marta und Fritz gaben ihr an diesem Tag die nötige Kraft und all ihre Unterstützung, die sie mit ihrer schweren Krankheit dafür benötigte.

Oma Marta versorgte in dieser schweren Zeit ihre Tochter und Enkelkinder.

Sie wusch und flickte weiterhin für Soldaten im Ort die Wäsche. Sie bezahlten meist mit Dauerkeksen aus der Dose oder auch mit Gutscheinen aus dem Gefangenenlager.

Dazu half sie einem benachbarten Landwirt bei der Feldarbeit oder auf seinem Hof. Erwin und Liesel waren immer dabei. Liesel spielte am liebsten mit den kleinen Kätzchen.

Bildnachweis © SLUB Dresden / Deutsche Fotothek / Fotograf Franz Grasser

Opa Fritz ging täglich in die Fabrik und bekam als Schwerstarbeiter oft zusätzliche Lebensmittelkarten für Fleisch, Brot und Zucker.

1918 Die Novemberrevolution

Bewaffnete Arbeiter besetzen den Marstall in Berlin.

Bildnachweis © SLUB Dresden / Deutsche Fotothek / Fotograf unbekannt

Beginnend mit Matrosenaufständen in Wilhelmshaven und Kiel, weitete sie sich in den ersten Novembertagen des Jahres 1918 aufs gesamte Deutsche Reich aus und erreichte am 8. November Chemnitz. Auch hier waren es zunächst Soldaten, die sich erhoben.

Ab dem Sommer 1918 wurden spezielle Lebensmittelkarten an Mütter und Kinder auch in Chemnitz und seinem Umland verteilt. Damit erging es Hilde mit ihren
zwei Kindern etwas besser.

1918 Das Ende des Ersten Weltkrieges

Hilde erklärte ihren Kindern,

dass bekannt wurde,

dass im Ersten Weltkrieg,

der von 1914 bis 1918 in Europa,

im Nahen Osten, in Afrika, Ostasien und auf den Ozea-

nen geführt wurde,

etwa 17 Millionen Menschen

ihr Leben verloren hatten,

darunter auch ihr Vater Max.

1920 Neubeginn für Liesels Familie

Mit funkelnden Augen erzählte Liesels Mutter ihren
Kindern davon, wie sie im Sommer 1920 zusammen mit
ihren Großeltern in Rabenstein, nur ein paar Straßen
weiter, zwei kleine Wohnungen im

ersten Stock eines Mehrfamilienhauses
anmieteten. Diese Wohnungen bestanden je aus einer
kleinen Wohnküche, etwa 10 qm, in der ein Kohleherd

zum Kochen, Backen und Wärmen genutzt wurde. Kaltes Wasser oder einen Wasserabfluss gab es nur auf dem gemeinsamen Hausflur.

In einer der Wohnungen sind Liesels Großeltern Marta und Fritz eingezogen, in der anderen Hilde und ihre zwei kleinen Kinder.

Somit war die Familie zusammen und Marta konnte ihre Tochter unterstützen und ihre Enkelkinder weiterhin beaufsichtigen.

Ein Wohnzimmer gab es nicht. Der Alltag spielte sich nur in dieser kleinen Wohnküche ab.

Ein kleines Zimmer von etwa 12 qm war das gemeinschaftliche Schlafzimmer für Liesels kleine Familie. Liesel musste sich die ersten Jahre zusammen mit ihrem Bruder ein Bett teilen.

Ein Klohäuschen gab es nur im Hinterhof für die gesamte Hausgemeinschaft.

Sie erzählte davon, wie sie sich von ihrer schweren Erkrankung nach und nach wieder erholt hatte und dass sie 1920 wieder damit begann, in der Textilfabrik zu arbeiten.

Mit der Wirtschaft ging es ein klein Wenig bergauf.

Hildes Vater Fritz bekam weiterhin als Schwerstarbeiter zusätzliche Sondermarken für den Bezug außergewöhnlicher Lebensmittel.

Es galt weiterhin ein Überleben auf Karte!

Von 1914 -1922 gab es von der
Reichsschuldenverwaltung im Deutschen Kaiserreich
spezielle Darlehnskassenscheine.
Für Marta, Fritz und Hilde kamen diese Darlehnsscheine
nie in Frage, sie lebten immer nach dem Motto:

„Wir können nur so viel Geld ausgeben, wie wir besitzen."

Tagsüber, wenn Liesels Mutter sehr früh zur Arbeit in die Textilfabrik ging und erst am späten Abend wieder nach Hause kam, wurde Liesel und ihr Bruder Erwin weiterhin von ihrer Großmutter Marta betreut.
Sie kümmerte sich dazu um alle anfallenden Hausarbeiten, wie Wäsche waschen, Kleidung flicken, kochen und putzen.

Die Wäsche wurde zu dieser Zeit in einer Waschküche im Keller des Hauses oder bei schönem Wetter im Garten, in Blech und Holzwannen eingeweicht und später auf dem Waschbrett geschrubbt.

Nach dem mühevollen Auswringen der Wäsche kam sie meist zum Trocknen in den Garten auf die Wäscheleine. Der Alltag einer Hausfrau in diesen Jahren war knallharte Schwerstarbeit.

Nach dem Trocknen musste die Wäsche mit einem sehr schweren Plätteisen geglättet werden.

Liesels Oma erhitzte dazu einen speziell geformten Ziegelstein im Feuer des Küchenofens, der dann in dieses Plätteisen mit Hilfe einer Zange eingelegt wurde.

Während des Bügelns musste die Hausfrau darauf achten, dass der Stein nicht zu heiß war, damit die Wäsche nicht verbrennt.

Marta und Hilde achteten trotz dieser schweren Zeit immer darauf, dass alle sauber und ordentlich gekleidet waren, wenn sie das Haus verließen.

Die wenigen Lebensmittel, die für die Familie zur Verfügung standen, wurden in Tontöpfen im Keller zur Kühlung aufbewahrt.

Liesel erinnerte sich, dass ihr Bruder und auch sie schon sehr früh dazu erzogen wurden, ihrer Oma mit bei den täglichen Hausarbeiten zu helfen, soweit sie es in ihrem Alter schon konnten.

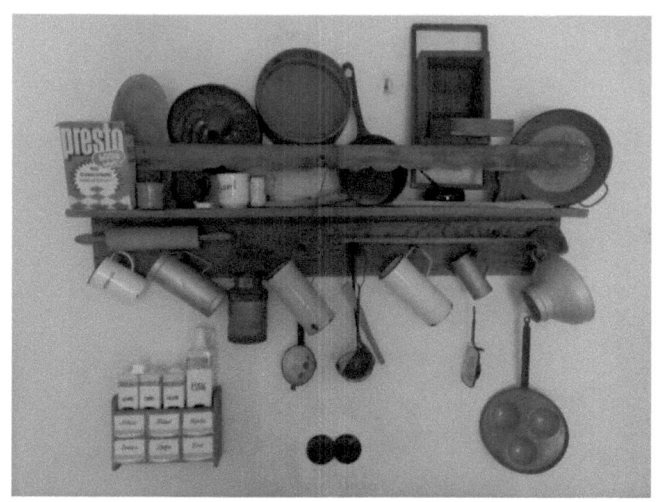

Sie halfen beim Tisch decken, beim Abwasch und bei der Zubereitung des Essens. Liesels Mutter und ihre Großmutter, legten sehr viel wert darauf, dass immer alles sauber und sehr geordnet ist.

Das Wenige, was die Familie besaß, wurde gehegt und gepflegt.

Sie verbrachte ihre Kindheit zusammen mit ihrem Bruder und vielen Nachbarskindern meist im Hinterhof des Hauses.

Liesel sagte immer:

„Auch wenn es kaum etwas zu essen gab und die Not sehr groß war, hatte ich zusammen mit meinem Bruder eine wunderschöne und unbeschwerte Kindheit. Wir waren mit dem Wenigen, was wir hatten zufrieden und dankbar."

Liesel konnte eine Puppe ihr Eigen nennen.

Ihr Großvater hatte sie zum Ende des Ersten Weltkrieges in einem zerbombten Haus gefunden. Ihr Kopf war etwas beschädigt, doch Liesel liebte sie.

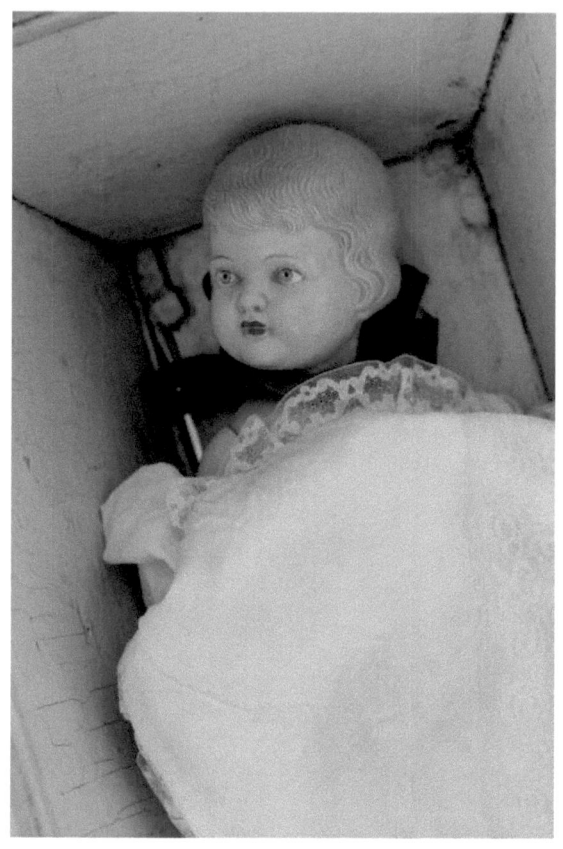

Er baute für ihre Puppe aus altem Holz ein kleines Bettchen und ihre Oma nähte hin und wieder für sie aus alten Stoffresten neue Kleider oder Decken.

Ihr Bruder Erwin hatte nur einen kleinen Teddybären.

Mit ihm verbrachte
er seinen Tag.

Dazu gab es ein Schaukelpferd für beide Kinder
und einen kleinen Roller.

1921 † Abschied vom Großvater

Mit trauriger Stimme erzählte ihre Großmutter Marta davon, dass im Sommer 1921, als Liesel gerade erst drei Jahre alt war, ihr Großvater Fritz an der damals tödlichen Krankheit Tuberkulose erkrankte. Nachdem er schon viele Tage an Fieber und heftigen Husten mit blutigem Auswurf litt und er seit mehr als fünf Tagen das Bett vor Schwäche nicht mehr verlassen konnte, brachte man ihn mit einem Pferdewagen in die Lungenheilanstalt Borna. Diese wurde als Walderholungsstätte zur Bekämpfung der Schwindsucht in Chemnitz und Umgebung gegründet.

Die Lungenheilanstalt nahm ausschließlich tuberkulöse, tuberkuloseverdächtige oder sonstig lungenkranke Personen auf. Hierfür standen 140 Betten in fünf Gebäuden zur Verfügung, von denen 72 für die Unterbringung Erwachsener und 68 Kindern vorgesehen waren.

Für Liesels Großvater Fritz kam jede Hilfe zu spät, seine Lungen waren zu sehr geschädigt. Zu schlecht war sein allgemeiner Gesundheitszustand, um diese schwere Erkrankung überstehen zu können.

Er verstarb im September 1921.

Liesel sagte:
„Zeit zur Trauer gab es nicht,
unsere Großmutter Marta und unsere Mutter Hilde
mussten ja jeden Tag ums Überleben kämpfen.

Jeder musste zu dieser Zeit mit den Verlusten seiner
engsten Angehörigen allein klarkommen."

Damit begann für Liesels Familie eine noch härtere Zeit. Die Not wurde immer größer, etwas zu essen gab es oft nun nur noch alle zwei Tage. Liesels Oma Marta versuchte sich, in der Umgebung Fallobst zu besorgen, um somit zumindest Marmelade, als Grundlage für eine Mehlsuppe auf Vorrat herzustellen. Sie ging mit den Kindern in den Wald und suchte mit ihnen zusammen nach allen brauchbaren Kräutern, Pilzen und Beeren, die der Wald hergab.

Mit dem Tod von Opa Fritz fielen für die Familie alle zusätzlichen, Lebensmittel - und Kohlekarten, die er als Schwerstarbeiter bekam, weg.

Oft musste Liesel zusammen mit ihrem Bruder den ganzen Tag im Bett verbringen, da es kein oder nur ganz wenig Heizmaterial gab.
Wenn sie krank waren oder Fieber hatten, zog Oma Marta ihnen in Essig getauchte Leinenstrümpfe an. Gegen Ohrenschmerzen gab es eine Zwiebel hinter die Ohren. Gegen Husten hatte Oma Marta immer einen selbstgemachten Saft aus Spitzwegerich bereitstehen.

 Die Familie ernährte sich oft viele Tage nur von warmem Tee und einem Löffel Margarine pro Person mit etwas Zucker.

Oma Liesel sagte:

„Oft hörte ich zusammen mit meinem Bruder, unsere Mutter am Abend weinen. Sie saß dann ganz allein auf ihrem Holzstuhl in der Küche und wusste vor lauter Verzweiflung nicht wie sie am kommenden Tag ihre Kinder und sich selbst satt bekommen sollte. Irgendwie ging es immer weiter, auch wenn die Hungersnot und die Armut so hoch war, der Kochtopf zu oft leer und der Ofen kalt war!

1923 Notgeld

Zaghaft erinnerte sich Liesel heute noch an die Zeit der

Währungsreform 1923, es wurde

ein Notgeld eingeführt.

Als Liesel gerade einmal fünf Jahre alt war,

kostete ein Kilo Brot 42 Milliarden Mark!

1923 Liesels Einschulung

Liesel erinnerte sich daran, dass sie aufgrund der politischen Situation zusammen mit ihrem älteren Bruder Erwin an Ostern 1923 in die Volksschule Rabenstein eingeschult wurde.

Durch den Ersten Weltkrieg bedingt bestand immer noch ein Mangel an Lehrkräften. Somit unterrichtete der Hausmeister zu dieser Zeit die gemischten Klassen.

Eine Schultüte für die Kinder konnte sich die Familie nicht leisten. Liesels Oma nähte für sie und ihren Bruder aus alten Lumpen ein paar neue Kleidungsstücke, damit sie an diesem Tag schick aussahen. Diese Kleidung trug man von da an nur am Sonntag, wenn man in die Kirche ging.

Sie waren beide so stolz auf ihre Schiefertafel.

Ehrgeizig und zuverlässig lernten beide
mit sehr viel Eifer das Schreiben und Lesen
in der zu dieser Zeit üblichen Schrift Sütterlin.

Bildnachweis © SLUB Dresden / Deutsche Fotothek / Fotograf Johannes Meister

Nach dem Unterricht liefen beide Kinder sofort nach Hause zu ihrer Großmutter Marta, die meist schon mit einem mageren Mittagessen auf sie wartete. Danach wurden unter strenger Kontrolle ihrer Großmutter, die beauftragten Schularbeiten erledigt.

Anschließend ging es meist sofort mit Marta zusammen zum benachbarten Landwirt, um ihm bei der Arbeit auf dem Feld oder auf seinem Hof zu unterstützen.

Bildnachweis © SLUB Dresden / Deutsche Fotothek / Fotograf Kurt Beck

Oft mussten die Kinder dabei helfen, mühevoll alle
Steine vom Feld zu tragen.

Bildnachweis © SLUB Dresden / Deutsche Fotothek / Fotograf Hermann Krause

Alle Generationen packten zu dieser Zeit tatkräftig mit an. Dabei fragte niemand, ob du ein Kind, ein Heranwachsender, oder ein alter Mensch warst.

Bildnachweis © SLUB Dresden / Deutsche Fotothek / Fotograf Paul John W.

Erwin erfreute sich, wenn er für seine Arbeiten,

die er erledigte, von der Landwirtin

außer der Reihe einmal eine „Schwarzbeerbemme"

(Brot mit Schwarzbeermarmelade) erhielt!

Liesel aß mit viel Hunger und Appetit nach getaner Arbeit, ihre „Schmalzbemme" (Brot mit Schmalz), welches die Landwirtin für

ihre fleißigen Helfer immer mit dabei hatte.

An den Sonntagen ging es früh morgens in die Kirche und auf den Friedhof. Nach dem Mittagessen machte die Familie meist kleine Ausflüge in die nahegelegene Pelzmühle Rabenstein.

Bildnachweis © CHEMNITZGESCHICHTE.DE

Die Pelzmühle entwickelte sich auch in den „goldenen Zwanzigern" weiter und konnte neue Gartenanlagen und Wasserkaskaden vorweisen. Die Pelzmühle war in dieser Zeit zu einem Markenzeichen für unterhaltsame und familienfreundliche Gastronomie geworden und damit nicht nur im Umland von Chemnitz, sondern weit über die Grenzen Sachsens hinaus bekannt. Das war vor allem auf die Geschäftsphilosophie Arthur Peters zurückzuführen, seinen Gästen möglichst immer etwas Neues zu bieten und sie gut zu unterhalten. Betrachtet man die Vielfalt des Angebots und die Ausdehnung der gesamten Anlage, so hatte Peters mit den Möglichkeiten seiner Zeit einen ersten Vergnügungspark geschaffen. Der dazugehörige zoologische Garten war ein großer Anziehungspunkt für Familien.

Meist stand Liesels Familie zu wenig Geld zur Verfügung um sich in diesem Vergnügungspark etwas zu leisten, doch die Kinder und auch die Erwachsenen hatten auch ohne Geld auszugeben viel Spaß und Freude dabei, den vielen verschiedenen Tieren zu zusehen.

Liesels 30er Jahre

Immer häufiger verteilte die Reichswehr ab dem Herbst
1931 Essen aus Gulaschkanonen für die
verarmte Bevölkerung.

Die Hungersnot griff immer mehr um sich!

Liesel und Erwin halfen weiterhin bei der benachbarten
Landwirtschaft. Gleich nach der Schule ging es nach
Hause, es gab wie gewohnt einen kleinen Bissen zu es-
sen und danach ging es weiterhin täglich aufs Feld zum

Arbeiten. Dafür erhielten sie zusätzliche Lebensmittel.

Sie hatten als Kinder sehr viel Spaß dabei, mit dem alten Holzwagen aufs Feld zu fahren, um Rüben oder Kartoffeln zu stecken oder sie im Herbst einzulesen.

Dazu sammelten sie aus dem nahegelegenen Wald Tannenzapfen und Bruchholz, zogen es mit einem Handwagen nach Hause und trockneten es im Keller damit ihre Mutter und ihre Großmutter ihren kleinen Küchenofen und den Waschkessel im Waschhaus anheizen konnten.

Bildnachweise © SLUB Dresden / Deutsche Fotothek / Fotograf Richard Peter sen.

Bildnachweise © SLUB Dresden / Deutsche Fotothek / Fotograf Richard Peter sen.

Im Winter zogen Erwin und Liesel mit einem alten Schlitten los und suchten oft Stunden in Eiseskälte nach brauchbarem Brennmaterial.

Bildnachweis © SLUB Dresden / Deutsche Fotothek / Fotograf Erich Meinhold

Liesels Großmutter Marta lebte zu dieser Zeit als Witwe von der Armenhilfe, die später in eine staatliche Sozialfürsorge überging.

Um die Familie und sich selbst durchzubringen, ging Liesels Großmutter zwei Mal in der Woche zu einem Pfarrer, um ihm seinen Haushalt zu führen. Von ihm bekam sie ab und zu auch einmal ein kleines Stück Brot zusätzlich, welches sie dann Liesel und Erwin schenkte.

Liesel erinnerte sich noch mit einhundert Jahren an ein Ereignis, welches ihre Oma ihr sehr lange nachgetragen hatte.

Sie hatte an einem Tag im September 1931 vor, sich mit ihren Freundinnen zu treffen und mit ihnen den Nachmittag am Rabensteiner See zu verbringen. Doch Liesels Oma schickte sie stattdessen in den Wald, um Blaubeeren zu sammeln. Liesel nahm ihren Milchkrug und begab sich in den Wald. Sie dachte sich, wenn ich meinen Milchkrug erst mit kleinen Zweigen und dann mit Moos und Laub fülle, dann ist der Krug ganz schnell mit Blaubeeren gefüllt. Und so kam es, sie stellte nach ganz kurzer Zeit, den scheinbar bis oben hin mit Blaubeeren gefüllten Milchkrug in Omas Küche, und verschwand zu ihren Freundinnen an den See.

Sie dachte nicht darüber nach, dass ihre Großmutter diesen Schwindel schnell durchschauen würde.
Als sie am Abend nach Hause kam, durfte sie ihre Großmutter einmal von ihrer nicht so lieben Art kennenlernen.
Liesel setzte sich hungrig wie immer an den Küchentisch und glaubte etwas zu essen zu bekommen, doch Oma Marta fragte sie stattdessen:
„Möchtest du Zweige, Moos oder Laub zum Abendessen?"
Oh, nun wusste Liesel keine Antwort mehr und lief weinend zu ihrer Mutter. Doch sie sagte nur zu ihr:

„Strafe muss sein, Oma Marta hatte sich über die Milchkanne voll Blaubeeren sehr gefreut und hatte vor uns
daraus eine leckere Süßspeise bereiten zu können."
Liesel sah ihren Fehler schnell ein und entschuldigte sich
mit gesenktem Kopf, bei ihrer Mutter und bei ihrer Oma
Marta.

1932 Liesels Konfirmation

1932 konfirmierten Liesel und Erwin gemeinsam. Die
Kleidung für diesen Anlass war zum Teil von Nachbarn
oder Bekannten geliehen. Auch wenn die Armut noch
immer sehr groß war, wurde alles versucht, dass die beiden einen unvergesslichen Tag erleben durften.

Nur einen Tag danach begann Erwin sofort als Hilfsar-
beiter in der Firma Wanderer an zu arbeiten. Er konnte
in dieser Zeit keine Ausbildung beginnen, er musste seine
Familie dringend finanziell unterstützen.

1932 Liesels Berufsausbildung

Liesel hatte den großen Wunsch, zusammen mit ihren

Freundinnen den Beruf
der Krankenschwester
zu erlernen. Doch auf-
grund der politischen
Lage zu dieser Zeit,
waren ihre Mutter und
ihre Großmutter
streng dagegen.

Somit erlernte Liesel
den Beruf einer Stri-
ckerin. Ihre Mutter war der Meinung, dass die Textilher-
stellung in den kommenden Jahren von Bestand sei und
weiterwachsen wird.

Sie erhielt eine Lehrstelle in der damaligen Handschuhfabrik Bruno Barthel in Chemnitz/Rabenstein.

*Firmengründer Bruno Barthel eröffnete das Unterneh-
men 1898 in Chemnitz-Rabenstein als Handschuhfabrik.
Damals stellte Chemnitz ein bedeutendes Zentrum der
deutschen Textilindustrie dar. Bis zum Zweiten Weltkrieg
wuchs die Firma zu einem der größten Handschuhprodu-
zenten der Region.*

Bildnachweis © by Maximo

1932 † Abschied von Liesels Großmutter

Am 15. Dezember 1932 verstarb ihre Großmutter Marta im Alter von zweiundsechzig Jahren an den Folgen einer Lungenentzündung.
Sie hatte in der Familie eine sehr große Lücke hinterlassen. Sie war es, die die Familie am Laufen hielt und sich um alle Alltagsarbeiten kümmerte.

Nun war Hilde mit ihren zwei fast
erwachsenen Kindern ganz allein.

Oma Liesel sagte:

„Zeit zur Trauer gab es wieder nicht,

wir mussten jeden Tag weiter ums

Überleben kämpfen.

Jeder musste zu dieser Zeit

mit den Verlusten seiner

engsten Angehörigen

für sich allein klarkommen."

Die Habseligkeiten ihrer Eltern und deren Hausrat trug Hilde mit ihren Kindern alle auf den Dachboden ihres Hauses.

Liesel übernahm die Pflege vom Grab ihrer Großeltern. Fast täglich ging sie zu ihnen und sprach mit ihnen.

Medizin im Nationalsozialismus

Unter der Bevölkerung wurde durch Nachrichten im Radio, nach und nach immer bekannter, dass die Zeit des Nationalsozialismus die Medizin in Deutschland immer mehr prägte. Tausende Mediziner wurden Mitglied bei der Nationalsozialistischen Deutsche Arbeiterpartei. Hunderttausende Zwangssterilisationen wurden durchgeführt. Skrupellose Menschenversuche wurden mit tausenden Todesopfern vollzogen. Tausende von Morden an Kranken und Behinderten rundeten das damalige Konzept ab. Tausende Mediziner wurden dazu als Juden verfolgt oder ermordet.

Spätestens jetzt hatte Liesel den Entschluss ihrer Mutter, dass sie nicht den Beruf zur Krankenschwester erlernen sollte, verstanden.

Nach einem erfolgreichen Abschluss wurde sie in ihrem Ausbildungsbetrieb Bruno Barthel in Rabenstein/Chemnitz als volle Arbeitskraft übernommen.

Sie unterstützte ihre Mutter Hilde mit ihrem Einkommen. Für sie selbst blieb fast kein Geld übrig.

Oma Liesel sagte:
„Das war für mich völlig in Ordnung so, ich kannte es nicht anders, als dass jeder in der Familie seinen Teil dazu gibt und man sich gegenseitig unterstützt."

Die Handschuhfabrik Bruno Barthel
schätzte Liesel als
sehr fleißige und zuverlässige Mitarbeiterin.

1939 ♥ Liesel verliebte sich

Im Januar 1939 lernte Liesel ihren Freund Rudolf kennen. Die beiden trafen sich fast täglich auf dem Nachhauseweg von der Arbeit. Rudolf war zu dieser Zeit als Produktionsarbeiter in den Diamantwerken Reichenbrand.

Die Diamant-Werke an der Nevoigtstraße

Die Diamant Fahrradwerke AG wurden von Friedrich Wilhelm Nevoigt und seinem Bruder Wilhelm Friedrich 1885 gegründet. Sie produzierten während ihrer

Geschichte hauptsächlich Fahrräder, aber auch Wirkma-

schinen-Zubehör, Schreibfedern, Flachstrickmaschinen

und Leichtkrafträder.

Es war sehr kalt und es hatte an diesem Tag sehr viel ge-
schneit. Liesel rutschte auf dem Gehsteig aus und hatte
Mühe wieder aufzustehen. Rudolf, der nur ein paar
Schritte hinter ihr lief, eilte sofort zu ihr und half ihr. Er
bot ihr an, sie bis zu ihrem Haus zu begleiten.
Von diesem Tag an hatte sich Liesel in Rudolf verliebt
und die beiden haben sehr viel Zeit miteinander ver-
bracht.

1939 Beginn des zweiten Weltkrieges

Im September 1939 begann der Zweite Weltkrieg. Liesel und ihre Familie hatten wie alle andere, große Angst, dass sich das Massaker und das Verbrechen des Ersten Weltkrieges, was an der Menschheit damals begangen wurde und in dem etwa 17 Millionen Menschen ihr Leben verloren hatten, wiederholt. Die Angst um eine erneute große Hungersnot stieg unerlässlich.

Stufenweise wurde bei Kriegsbeginn die Zwangsrationierung eingeführt. Fett, Fleisch, Butter, Milch, Käse, Zucker und Marmelade waren ab September 1939 nur noch gegen Lebensmittelkarten erhältlich, Brot und Eier folgten ab Ende September. Mitte Oktober 1939 wurde für die nicht Uniform tragende Bevölkerung die Rationierung von Textilien mittels einer ein Jahr gültigen "Reichskleiderkarte" eingeführt. Der Bezugsschein bestand aus 100 Punkten, die beim Kauf von Textilien abgerechnet wurden. Ein Paar Strümpfe kosteten vier Punkte, ein Pullover 25 Punkte, ein Damenkostüm 45 Punkte.

Beispiel-Reichsfleischkarte von 1940

Ihr Freund Rudolf war gerade dreiundzwanzig Jahre alt, ihr Bruder Erwin ebenso. In dieser Zeit wurde der Tod ihres Vaters Max bewusster denn je. Jeder konnte sich jetzt vorstellen, was die Zukunft bringen würde. Liesels Angst bestätigte sich.

Ende Februar 1940 erhielt ihr Freund Rudolf den Einberufungsbefehl zur Wehrmacht.

Liesels 40er Jahre

1940 ∞ Liesels Hochzeit mit Rudolf

Aufgrund des beginnenden Zweiten Weltkrieges
hatten Liesel und Rudolf im März 1940,
einen Tag vor seiner Einberufung
zur Wehrmacht
geheiratet.

Die Hochzeit fand nur im kleinen Familienkreis statt.

Liesel war zu dieser Zeit gerade im

3. Monat schwanger.

Damit wiederholte sich die Familiengeschichte ihrer

Mutter Hilde aus der Zeit des Ersten Weltkrieges.

Rudolf wurde nach Berlin zur Panzerdivision gebracht.

Von da aus wurde er nach Frankreich verschickt.

Er musste am 14. Juni 1940 in Paris mit einmarschieren.

Am 14. Juni 1940 besetzten deutsche Truppen Paris, das ihnen von den Franzosen kampflos überlassen wurde. Viele Franzosen flohen aus der Stadt. Fast 2 Mio. französische Soldaten gerieten in Gefangenschaft.

Oft schickte Rudolf Briefe und Bilder zu seiner Frau nach Hause. Die Sehnsucht war groß. Er hätte seiner Frau so gerne bei der Geburt ihres ersten Kindes zur Seite gestanden. Drei Tage vor der Entbindung kamen wieder ein ganz lieber Brief und ein Bild mit einem sehr nachdenkli-chen Blick ihres Mannes zu Hilde.

Bildnachweis © SLUB Dresden / Deutsche Fotothek / Fotograf Alwin Reichel

1940 * Liesels erste Tochter

Im September 1940 wurde Liesels
erste Tochter Erna geboren.

Nachdem bei Liesel die Wehen eingesetzt hatten und
sich aller Stunden wiederholten, lief ihre Mutter Hilde
zum nächsten Postamt im Ort und telefonierte mit dem
Krankenhaus in Rabenstein. Sie wurde mit einem Krankenwagen des Roten Kreuzes in dieses Krankenhaus, wo
sie auch schon zu Vorsorgeuntersuchungen während der
Schwangerschaft sein
konnte, zur Entbindung
gebracht. Liesel bekam
1940 die Möglichkeit,
ihre Tochter unter ärzt-
licher Kontrolle und mit
Hilfe einer Hebamme in
dem Krankenhaus zur
Welt zu bringen, in dem

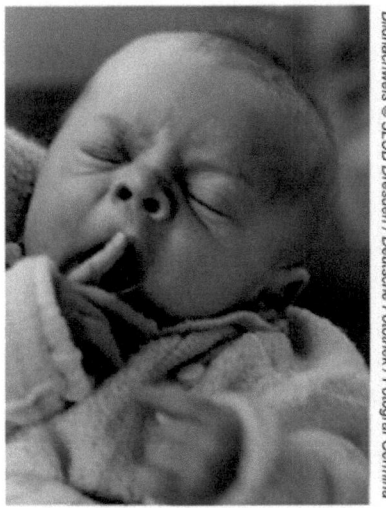

Bildnachweis © SLUB Dresden / Deutsche Fotothek / Fotograf Germina

damals ihre Mutter Hilde 1918 nach der Geburt von Liesel viele Wochen gegen das tödliche Kindbettfieber kämpfte.

Außerdem konnte sie eine fachkundige Nachsorge für sich und ihr Kind in dieser Klinik in Anspruch nehmen.

Auch wenn Liesel zu dieser Zeit als junge Mutter medizinisch besser versorgt war, war diese Zeit für sie grauenhaft. Zu oft mussten die Menschen in verdunkelnden Zimmern verbringen, dazu heulten die Luftsirenen ununterbrochen.

Erna war ein sehr schwieriges Kind, sie schrie oft den ganzen Tag. Ihre Mutter und ihre Großmutter Hilde meinten, es läge an den schwierigen Verhältnissen zu dieser Zeit.

Da auch Liesel zusammen mit ihrem Baby, ihrem Bruder und ihrer Mutter oft Nächte in Luftschutzkellern auf engsten Raum mit vielen anderen ängstlichen Menschen verbringen mussten. Panische Angst machte sich breit,

sobald das unerträgliche dröhnende Geräusch der heran-
nahenden Flugzeuge, die hochexplosiven Sprengstoff an
Bord hatten die Stadt überflogen. Dazu die Angst vor
den vielen Brandbomben und den unerträglichen Geruch
von Feuer, verbranntem menschlichem Fleisch und
Fäulnis, der nach einem Luftangriff noch tagelang über
der Stadt lag.

Dieser Luftschutzbunker hatte eine Größe von 26 qm
und bot Schutz für etwa 43 Personen, Säuglinge und
Kleinkinder wurden nicht mitgezählt.

Dazu gab es einen Not-Abort für alle.

 Im November 1940 verlor ihre
Mutter Hilde ihren Arbeits-
platz in der Textilfabrik. Während eines Bombenangriffes
wurde das Gebäude der Fabrik
so schwer beschädigt, dass alle
Arbeiten eingestellt werden
mussten. An einen Wiederaufbau war zu dieser Zeit nicht zu
denken.

Von da an musste Hilde von staatlicher Sozialfürsorge
leben.

Nun begann SIE für die Soldaten im Ort, die Leibwäsche zu waschen und zu flicken.

Oma Liesel sagte:

„Oft gaben sich die Russen und die Amis,

bei uns die Türklinke in die Hand!"

Sie bezahlten meist mit ein paar kleinen Stücken Schokolade, ein paar Dosen Fisch, Sojapulver, Kaffeeersatz oder mit Dauerbrot und Dauerkeksen in der Dose oder mit Zigaretten, die dann Hilde auf dem Schwarzmarkt gegen wichtige Lebensmittel für die Familie eintauschte.

Nachdem Liesels Schwangerschaft bekannt wurde, richtete sich ihr Bruder Erwin eine notdürftige Schlafmöglichkeit in einem kleinen Abstellraum neben der kleinen Wohnung seiner Mutter ein. Das gemeinsame Schlafzimmer von Liesel, Erwin und ihrer Mutter Hilde wurde nun zu klein.

Er bekam von einem Nachbarn ein altes kaputtes Bett geschenkt, welches er sich reparierte.

Im Dezember 1940 wurde auch Erwin zur Front
eingezogen.
Er kam zum I. - Bataillon vom Infanterie-Regiment 331
(2. Sanitäts-Kompanie 27)

Bildnachweis © SLUB Dresden / Deutsche Fotothek / Fotograf Erich Meinhold

Liesels Ehemann bekam zwei Monate nach der Geburt seiner Tochter Erna vier Tage Fronturlaub. Rudolf hatte viel mehr Glück zu dieser Zeit als tausende andere Heimaturlauber. Oft standen sie nur vor den Trümmern ihres Hauses und mussten oft vergebens nach ihren Angehörigen suchen.

Bildnachweis © SLUB Dresden / Deutsche Fotothek / Fotograf Erich Andres

Sein Wohnhaus stand noch unbeschädigt, seine Familie wartete schon sehnsüchtig auf ihn.

Bevor er das Haus betreten konnte, musste er sich seiner Kleidung entledigen.

Er war völlig verlaust und seine Uniform voller Flöhe.

Erst nachdem Liesel ihm im Waschhaus ein Bad zubereitet hatte, konnte er endlich seine erste Tochter im Arm halten.

Liesels Mutter hatte den Fronturlaub ihres Schwiegersohnes zum Anlass genommen, ihm etwas ganz Besonderes zu kochen. Es gab Dachhase, zubereitet wie ein Kaninchenbraten und grüne Kartoffelklöße.

Schon einen Tag bevor Rudolf anreiste, hatten beide Frauen alle Hände voll mit den Vorbereitungen zu tun. Liesel kümmerte sich um die Kartoffeln und Hilde bereitete das Fleisch zu. Zur Feier des Tages, wurden zwei benachbarte Freunde mit zum Essen eingeladen.

Während des Essens bemerkte keiner, dass es eine Katze war. Es war zu dieser Zeit durchaus ganz normal, zu besonderen Anlässen einen Dachhasen auf den Tisch zu bringen. Liesels Mutter hatte es sogar geschafft, für Rudolf einen Liter Bier zu organisieren.

Es gab dazu besondere Reichskarten für Urlauber, die nur fünf Tage gültig waren. Damit konnte Liesel ein Brot und ein paar Gebäckstückchen für den Nachmittag zusätzlich besorgen.

Als Rudolf seine kleine Tochter zum ersten Mal in seine Arme nahm, begann Erna jämmerlich zu weinen. Sie hatte Angst vor ihrem Vater, bisher hatte sie nur Kontakt zu ihrer Mutter und zu ihren Großeltern. Es dauerte eine Weile, bis die kleine Erna sich an ihren Vater gewöhnte. Er war für sie ein Fremder!

Die Zeit verging wie im Fluge, es gab so viel zu erzählen. Rudolf versuchte sich so viel wie möglich, mit seiner kleinen Tochter Erna zu beschäftigen.

Bildnachweis © SLUB Dresden / Deutsche Fotothek / Fotograf unbekannt

Schon zwei Tage danach musste er zurück nach Frankreich. Er hatte eine weite Reise vor sich.

Dieser Abschied tat allen so sehr weh, keiner wusste, ob man sich je wiedersehen würde.

Liesel hätte sich so sehr gewünscht, das kommende Weihnachtsfest zusammen mit ihrem Mann verbringen zu können.

Nun saß sie, so wie ihre Mutter damals, am Abend oft ganz allein auf ihrem Holzstuhl in der Wohnküche und weinte sich die Augen aus. Auch sie wusste, wie ihre Mutter damals nicht, wie es weiter gehen sollte.

Das Einzige, was die Situation veränderte war, dass Liesel ein Anrecht auf spezielle Kleiderkarten für ihre kleine Tochter Erna hatte.

Bei der Rückkehr in
sein Frontlager nach
seinem Heimaturlaub
wurde Rudolf verhaf-
tet und kam in ein
Gefangenenlager bei
Paris.

Es war für Rudolf die furchtbarste Zeit seines Lebens,
über die er in seinem zukünftigen
Leben nie wieder
ein Wort erzählen konnte und wollte.

1943 wurde er aus dem Gefangenenlager zurück zu seiner Einheit gebracht, zwei Wochen später wurde er bei
einem Schusswechsel schwer verletzt und kam in ein Lazarett.

Nachdem er etwas stabil war, wurde er nach Deutschland in ein Lazarett nach Dresden verlegt und als kriegsuntauglich eingestuft, da er im rechten Bein zwei Kugeln hatte, die nicht entfernt werden konnten.

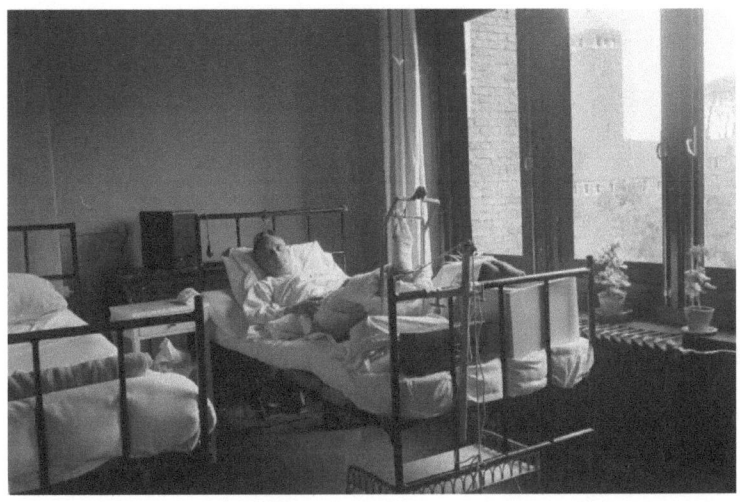

Bildnachweis © SLUB Dresden / Deutsche Fotothek / Fotograf Franz Grasser

Nachdem Rudolf 1943, als ausgemusterter Heimkehrer zu seiner Familie kam, war seine Tochter schon fast drei Jahre alt.

Liesel freute sich, dass ihr Mann Rudolf nun jeden Tag bei ihr sein konnte. Auch wenn er durch seine schweren Verletzungen nicht belastbar war.

Aber er war lebend wieder nach Hause zurückgekommen und nur das zählte!

Unterstützung bekam sie weiterhin von ihrer Mutter Hilde. Sie kümmerte sich nun am Tag um die kleine Erna und um ihren Schwiegersohn Rudolf, wenn Liesel in die Handschuhfabrik ging, um Geld verdienen zu können.
Ihr Einkommen musste für die gesamte Familie reichen, oft arbeitete Liesel ein paar Stunden länger, damit sie mehr Geld zur Verfügung hatte.
Dazu gab es 1943 für die Bevölkerung vom Ernährungsamt Reichseier- und Lebensmittelkarten.

Mit der Rückkehr von Rudolf wurden die Wohnverhältnisse dramatisch. Es gab ja nur die Wohnküche und das
kleine Schlafzimmer, in dem Hilde, Liesel und die kleine
Erna schliefen.

Rudolf übernachtete in der kleinen Kammer, die sich Hildes Bruder damals notdürftig zum Schlafen eingerichtet
hatte.

Nachdem er seine Verletzungen fast „ausgeheilt" hatte, begann er im Frühjahr 1944 bei einem ansässigen Kohlehändler in Siegmar zu arbeiten.

Seine Aufgabe war es, gegen spezielle Kohlebezugsscheine Brennmaterial an die Bedürftigen auszuteilen.

Sechs Tage die Woche musste er morgens um 05:00 Uhr mit dem alten, verrosteten Fahrrad oder zu Fuß in den etwa fünf Kilometer entfernten Ort um den Kunden, die mit einem Eimer oder einem Handwagen zum Kohlebahnhof kamen, um ihre Zuteilung auf Karte abzuholen.

Dabei standen oft Kinder bei ihm, die nur darauf gewartet hatten, dass die Leute ein, zwei Brikett auf dem Heimweg verlieren und sie sich diese Brennstoffe dann schnappen konnten.

Am Abend als Rudolf seine Wagen und seinen Arbeitsplatz reinigte, kehrte er den übriggebliebenen Kohledreck zusammen und nahm ihn mit zu seiner Familie nach Hause.

Wenn er am Abend, nach mehr als zehn Stunden Arbeit nach Hause kam, wartete Liesel oft schon am Hauseingang auf ihren Mann.

Rudolf ging zuerst in das Waschhaus im Keller, leerte seine Kohleeimer und wusch sich oft bei bitterer Kälte ab. Erst dann ging er nach oben, wo Liesel und Hilde mit dem Essen auf ihn warteten.

Es war der Familie sehr wichtig, das Abendessen gemeinsam einzunehmen.

Liesel sagte:

„Wir saßen alle zusammen am Tisch, Rudolf wurde als Erster bedient, erst dann bekam Erna ihre Zuteilung, danach Hilde und zum Schluss ich.

Gesprochen werden durfte während der Zeit des Essens nie. Rudolf legte darauf sehr viel Wert. Er war am Abend völlig abgearbeitet, dazu der lange Weg nach Hause, meist mit ein bis zwei Eimern Kohledreck am Fahrradlenker oder in der Hand. Dazu hatte er täglich Beschwerden von seiner Kriegsverletzung her, die zwei Kugeln in seinem Bein erschwerten ihm sein Leben täglich."

Erst nachdem Liesel ihre Küche wieder in Ordnung gebracht hatte, war Rudolf ansprechbar. Er saß am Küchentisch und unterhielt sich mit seiner Frau und seiner Schwiegermutter über das Tagesgeschehen.
Alberte noch ein wenig mit seiner Tochter, bis sie zu Bett gehen musste. Danach schaltete er sein kleines

Radio an und informierte sich oft heimlich und ganz leise, über verbotene Radiosender, über das politische Geschehen im Land und auf der Welt.

Über die Volksempfänger hörten die Deutschen neben den einseitigen Siegesmeldungen der Wehrmachtsberichte bekannte Schlager wie "Das kann doch einen Seemann nicht erschüttern" und vor allem "Lili Marleen", dass wie kein zweites Lied Emotionen weckte und in den Wunschkonzerten gespielt wurde.

Oft kam Erna wieder aus ihrem Bett zurück, sie suchte immer Aufmerksamkeit von ihrem Vater, auch zu dieser Zeit war sie noch sehr schwierig. Sie machte, was sie wollte. Es gab Abende, da hatte Liesel mit ihrem Mann Rudolf nur wegen Erna viele Meinungsverschiedenheiten. Auch tagsüber, wenn Erna von ihrer Großmutter Hilde betreut und beaufsichtigt wurde, gab es immer mehr Auseinandersetzungen mit ihr. Sobald Hilde sie bat, ihr ein klein wenig bei der Hausarbeit behilflich zu sein, wurde sie bockig und lief weinend davon.

Sie war das ganze Gegenteil ihrer Mutter. Hilde erinnerte sich oft daran, wie Liesel ihrer Großmutter Marta zusammen mit ihrem Bruder Erwin bei der Hausarbeit halfen, als sie noch ganz kleine Kinder waren.

Nur wenn sie einen Wunsch hatte, konnte Erna lieb und brav sein. Meist brachte sie mit Liebkosen ihren Vater dazu, ihr den Wunsch zu erfüllen.

Erna war ganz einfach, obwohl sie schwierig war, sein Sonnenschein und genau das wusste sie.

1944 Liesels erste eigene Wohnung

1944 zog Liesel mit ihrem Mann Rudolf und ihrer Tochter Erna in ihre erste eigene Wohnung. Im Dachboden des Nachbarhauses ihrer Mutter gab es vier kleine Wohnungen, in denen bisher jüdische Familien wohnten. Diese Wohnungen waren notdürftig ausgebaute Dachkammern und es standen noch die wichtigsten Möbelstücke und viel Hausrat von den vorherigen Mietern drin. Die jüdischen Familien konnten auf ihrer Flucht nur das Nötigste mitnehmen.

Sie hatten wie Hildes Wohnung, nur eine kleine Wohnküche ohne Wasser und ein gemeinsames Schlafzimmer.
Auch da hatte Liesel mit ihrer kleinen Familie kein
Wohnzimmer. Doch das alles störte sie nicht, sie war es
so gewohnt.

Diese Wohnung hatte etwas Besonderes. Man nannte
es: "Eine Treppe tiefer", eine Toilette, somit besaß Liesels
kleine Familie eine eigene Toilette und sie mussten nicht
mehr zu jedem Toilettengang das Haus verlassen. Das
war zu dieser Zeit Luxus pur.

Liesel und Hilde reinigten alle Möbel und den gesamten Hausrat. Ernas Bettchen wurde von der Wohnküche, in

der sich der Alltag abspielte, am Abend in das gemeinschaftliche Schlafzimmer getragen. Erna musste oft, nur um gewärmt zu werden, sehr viel Zeit in ihrem Bettchen als Kind verbringen. Für den ersten Anfang hatte die kleine Familie fast alles zur Verfügung, was man brauchte.

Im Untergeschoss des Hauses
gab es ein kleines Lebensmittelgeschäft.

1944 Der letzte Brief von Erwin?

Im Juli 1944 erhielt Liesel Mutter den letzten Brief von ihrem Sohn Erwin. Danach hörten sie nie wieder etwas von ihm. Die Sorge um ihn war groß. Jeden Tag wartete die Familie auf erneute Feldpost. Doch vergebens, es kam kein Brief!

1945 Chemnitz lag in Schutt und Asche!

Schon am frühen Nachmittag des 05. Märzes 1945 ertönten in Chemnitz und Umgebung alle Sirenen. Wieder
erklang das unerträgliche dröhnende Geräusch der her-
annahenden Flugzeuge. Doch an diesem Tag war alles
anders, der unerträgliche Lärm war noch viel lauter als
gewohnt. Liesel befand sich zu dieser Uhrzeit noch in der
Handschuhfabrik. Rudolf war ebenfalls noch in Siegmar

zum Arbeiten auf dem Kohlebahnhof. Beide brachen so wie tausende anderer Arbeiter sofort ihre Tätigkeit ab und liefen in den nächstgelegenen Luftschutzkeller. Nach etwa drei Stunden hatte sich die Lage etwas entspannt. Jeder der die Möglichkeit hatte, nach Hause zu laufen, machte sich unter größter Vorsicht auf den Heimweg. Liesel und Rudolf trafen fast zeitgleich gegen 19:00 Uhr bei ihrer Familie ein. Hilde hatte schon alle Vorkehrungen für die Flucht in den Luftschutzbunker getroffen.

Dann ertönten wiederholt alle Sirenen, jeder wusste nun, dass wird eine schlimme und schlaflose Nacht.
Rudolf nahm den Notkoffer der Familie, der immer griffbereit mit den nötigsten Papieren, wie Stammbücher, Ausweise, einer Notration Kekse, die Hilde für ihre Arbeit von den Amis bekommen hatte, dazu eine Feldflasche mit Wasser und ein paar wenige Kleidungsstücke für die kleine Erna bereitstand, wenn sie in einen Luftschutzbunker fliehen mussten.

Liesel packte fluchtartig ihre Tochter in eine dicke Decke und rannte zusammen mit ihrem Mann und ihrer Mutter in den nahegelegenen Luftschutzbunker.

Gegen 20:00 Uhr geschah das Schreckliche. Wie später bekannt wurde, warfen 683 britische Bomber, hunderte von Luftminen, Brandbomben und tausende Tonnen Sprengbomben über Chemnitz und dessen Umland ab. Liesels Familie hatte den Glauben an ein gemeinsames Überleben in dieser Nacht verloren.

Die kleine Erna schrie, wie alle anderen Kinder die eng zusammen im Luftschutzbunker ausharren mussten unerträglich. Frauen versuchten, in dieser Nacht, für ihre Kinder stark zu sein. Sie zeigten eine Stärke, die sie in Wirklichkeit selbst nicht hatten. Männer versuchten in diesen chaotischen Stunden, ihre Frauen zu beruhigen, auch bei ihnen lagen die Nerven völlig blank. Die Todesangst machte viele Leute in dem Luftschutzbunker aggressiv. Erst nach mehr als zwanzig Stunden war alles vorbei. Mit zitternden Knien und völlig verängstigt konnten die Menschen wieder zurück in ihre Häuser, soweit sie noch standen.

Nur in dieser einen Nacht kamen mehr als viertausend Menschen in Chemnitz ums Leben!

*Mehr als fünfundneunzig Prozent der Industriestadt
Chemnitz wurden innerhalb von Stunden in Schutt und
Asche gelegt! Die Stadt wurde durch „Christbäume" völlig ausgeleuchtet. Von den Alliierten wurde Chemnitz als
„weitere tote Stadt" abgeschrieben.*

Liesel und ihre Familie hatten so viel Glück, am Tag des
grausamen Angriffes in der Nähe von Luftschutzbunkern
sein zu dürfen. Sie haben alle zusammen den Angriff

unverletzt überlebt, auch ihre Wohnungen wurden so gut wie nicht beschädigt.

Liesels Handschuhfabrik, in der sie seit vielen Jahren arbeitete, wurde zum Teil beschädigt, doch die Produktion konnte nach einer Woche notdürftig wieder aufgenommen werden.

Der Kohlebahnhof in Siegmar, auf dem Rudolf eine Arbeit gefunden hatte, war dagegen fast ganz in Schutt und Asche gelegt.

Nach mehr als vier Wochen des notdürftigen Wiederaufbaus, konnte Rudolf wieder seine Arbeit als Brennstoffverkäufer aufnehmen.

1945 Ende des zweiten Weltkrieges

Am

30. April 1945

vollzog Hitler während des Kampfes um Berlin
Selbstmord. Die Verteidiger der Stadt
kapitulierten am

2. Mai 1945.

Am 8. Mai 1945

trat die bedingungslose
Kapitulation der Wehrmacht in Kraft,
der Krieg in Europa war damit offiziell beendet.

Er dauerte

6 lange Jahre,

kostete mehr als

60 Millionen Menschen

das Leben, über

110 Millionen Menschen

standen unter Waffen!

Flucht und Vertreibung als Kriegsfolge

Zwischen 1939 und 1950 fand eine Völkerwanderung statt, die etwa 25 bis 30 Millionen Menschen erfasste und nicht nur aus Flüchtlingen und Vertriebenen bestand. Zehntausende Kinder kehrten aus der Kinderlandverschickung zurück, Hunderttausende ehemals evakuierter kamen nach Hause.

Millionen ehemaliger Soldaten, befreiter Häftlinge aus den vielen Konzentrationslagern und Zwangsarbeiter waren unterwegs, um in ihre Heimatländer zurückzukehren.

Auch Liesel und ihre Mutter Hilde

warteten auf ihren

Erwin,

dass er zurück zu ihnen

nach Hause kommt.

Doch leider vergebens!

1945/46 Liesel bei den Trümmerfrauen

In dem gerade zu Ende gegangenen Weltkrieg waren etwa vier Millionen Wohnungen in Deutschland durch alliierte Luftangriffe zerstört worden und zahlreiche Fabriken lagen in Trümmern.

Der Wiederaufbau begann zumeist mit den Trümmerfrauen, viele waren Witwen mit Kindern, diese Frauen bekamen ein Arbeitsbuch. In denen wurden ihre Arbeitsleistungen als Bauhilfsarbeiter eingetragen.

Neben der beruflich tätigen Trümmerfrau gab es auch Freiwillige, die die Trümmerfrauen bei ihrer Arbeit unterstützten. Sie arbeiteten bei jedem Wetter.

Hauptaufgabe der Trümmerfrauen war es, mit ihren beiden Händen Stein für Stein und Ziegel für Ziegel aus den Trümmerbergen, die nach den Bombardierungen übriggeblieben waren, zu sortieren, um diese für den Wiederaufbau nutzen zu können.

Für den Wiederaufbau wurden alle brauchbaren Steine und Ziegel verwendet, dazu alle Balken, Stahlträger, Herde, Waschbecken, Toilettenbecken, Rohre und anderes. Schutt wurde von den Frauen auf Schubkarren, Pferdewagen, Feldeisenbahnen – genannt Trümmerbahnen, Lastwagen oder Arbeitsstraßenbahnen abtransportiert. Das völlig zerstörte und unbrauchbare Baumaterial wurde in spezielle Ziegelmühlen zerkleinert und für die Zuschüttung der Bombenkrater oder für den Straßenbau verwendet.

Bildnachweis © SLUB Dresden / Deutsche Fotothek / Fotograf Richard Peter jun.

Auch Hilde war täglich mit bei den Trümmerfrauen und half ihre Heimat wiederaufzubauen. Oft nahm sie die kleine Erna mit, auch sie hatte mit ihren kleinen Händen dabei geholfen, dass Chemnitz bald wieder eine der schönsten Städte Deutschlands wird.

Wenn Erna mit dabei helfen durfte, die Trümmer zu beseitigen, war sie wie ausgewechselt. Sie hörte auf das, was Oma Hilde ihr sagte und war völlig brav, es kam kein Widersprechen. Sie nahm ihren kleinen Lastkraftwagen aus Holz mit und lud kleine Steinchen darauf, um sie auf einen großen Haufen zu transportieren.

Bildnachweis © SLUB Dresden / Deutsche Fotothek / Fotograf Germina

Liesel ging täglich in ihre Handschuhfabrik und Rudolf fuhr mit seinem Fahrrad nach Siegmar auf den

Güterbahnhof, um den Bedürftigen ihre Zuteilung für Brennstoffe auszuhändigen.

Am Abend, wenn sie nach Hause kamen und am Wochenende unterstützten sie die Trümmerarbeiter bei ihren Aufräumarbeiten.

Bildnachweis © SLUB Dresden / Deutsche Fotothek / Fotograf Erich Höhne/Erich Pohl

Es wurde in ganz Deutschland ein Trümmersonntag eingeführt, damit auch die Leute, die wochentags zur Arbeit gingen, beim Wiederaufbau mithelfen konnten.

Nach und nach, Stück für Stück und Hand in Hand,

Bildnachweis © SLUB Dresden / Deutsche Fotothek / Fotograf Richard Peter jun.

schafften es die vielen fleißigen Trümmerfrauen,

Trümmerkinder und Trümmermänner ihre Städte wieder zum Leben zu erwecken.

Bildnachweis © SLUB Dresden / Deutsche Fotothek / Fotograf Richard Peter jun.

Es gab wieder erste gewerbliche Aktivitäten zur
Versorgung der Bevölkerung.

Auch das Lebensmittelgeschäft in Liesels Wohnhaus
hatte wieder damit begonnen,
die dringendsten Artikel den
Bedürftigen anzubieten.

Bildnachweis © SLUB Dresden / Deutsche Fotothek / Fotograf Richard Peter sen.

Liesels Nachkriegszeit

Die Nachkriegszeit konnte im Entstehen der Bundesrepublik in zwei Abschnitte geteilt werden.

In die sogenannte

„schlechte Zeit",

die Hunger, Kälte, Mangelkrankheiten und unzählige Trümmerlandschaften mit sich brachte

und in das

„Wirtschaftswunder".

Viele soziale Verhaltensweisen der Menschen, die das Dritte Reich erlebt hatten, blieben jedoch in „West-" wie in „Ostdeutschland" erhalten.

So auch bei Liesels Familie. Auch wenn es den Menschen in Deutschland nach und nach ganz langsam etwas besser erging und es wieder mehr Lebensmittel gab, hielten Liesel und ihre Mutter es wie gewohnt. Sie kauften nur das Nötigste und mit allen Lebensmitteln wurde sehr sparsam und bedacht umgegangen.

Im Nachkriegswinter 1946/1947 herrschte immer noch eine Lebensmittelknappheit. Alte und kranke Menschen sowie notleidende Kinder erhielten von der Wohlfahrt einmal am Tag eine warme Suppe und ein Stück Brot.

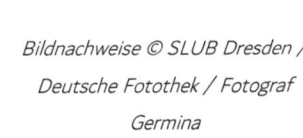

Bildnachweise © SLUB Dresden / Deutsche Fotothek / Fotograf Germina

Oft musste auch Hilde stundenlang nach einem Brot anstehen, wenn sie Pech hatte und etwas spät dran war,
war es leider schon ausverkauft.

1947 Das Jahr der großen Veränderungen

Im Februar 1947 wurde in Rabenstein eine kleine Kohlehandlung eröffnet, um die bedürftigen Menschen schneller mit Brennstoffen versorgen zu können. Rudolf bekam das Angebot in dieser Kohlehandlung als Verkäufer und Kraftfahrer zu arbeiten. Er nahm dieses Angebot sofort an. Von nun an musste er nicht mehr täglich bei Wind

und Wetter mehr als fünf Kilometer pro Arbeitsweg mit dem Fahrrad oder zu Fuß zurücklegen.

Bildnachweis © SLUB Dresden / Deutsche Fotothek / Fotograf Fritz Eschen

Er hatte die Aufgabe Brennstoffe auf dem Firmenhof abzuwiegen und zu verkaufen oder gegen spezielle Kohlebezugsscheine den Bedürftigen zu geben.

Dazu hatte dieses Unternehmen einen Lastkraftwagen um das Brennmaterial wie Briketts, Steinkohle, Eiform-Briketts, Hüttenkoks, Anthrazit oder Grude-Holz zu den Kunden entweder lose oder in Körben in der Größe zu einem Zentner nach Hause zu liefern.

Ihm hatte diese Arbeit sehr gefallen, auch wenn sie körperlich sehr schwer war. Er kam mit vielen Menschen in Kontakt.

Einige Kunden boten Rudolf bei der Hauslieferung der Brennstoffe Essen und Trinken an. Rudolf jedoch war, was das Annehmen von fremden Leuten Essens betrifft sehr eigen. Er bekam davon keinen Bissen runter. Lieber hungerte er. Oft nahm er es mit und verteilte es an andere Bedürftige.

An manchen Tagen nahm er seine kleine Tochter Erna mit zur Arbeit, sie freute sich immer so sehr, wenn sie mit ihrem Vater zusammen, mit im Lastkraftwagen fahren durfte. Auch da gab es mit ihr keine Probleme. Sie machte, was ihr Vater sagte.

Die Familie hoffte, dass Erna ihre Starrköpfigkeit verliert, wenn sie zur Schule kommt und täglich ihre Aufgaben erledigen muss.

Im April 1947 konnte Liesel ihrem Rudolf verkünden, dass sie zum zweiten Mal schwanger sei. Auch wenn in der damaligen Zeit, jeder noch große Opfer bringen musste, Rudolf freute sich sehr. Er liebte Kinder, er hoffte und glaubte auf eine bessere Zukunft.

Mit der erneuten Schwangerschaft von Liesel wurden die Wohnverhältnisse wieder zu einem großen Problem. Die kleine Wohnküche und das kleine Schlafzimmer reichten für vier Personen nicht aus. Somit mieteten Liesel und Rudolf die benachbarte Dachgeschosswohnung, die seit mehr als drei Jahren unbewohnt war. Der damalige Hausbesitzer hatte 1947, das Haus mit Elektrizität ver- sorgen lassen. Bisher gab es nur Petroleumlampen. Im

Zuge dieses Umbaus holte sich Rudolf einen befreunde-
ten Zimmermann hinzu, er baute notdürftig einen
Durchbruch, damit aus den zwei kleinen Wohnungen
eine größere wurde. Die Räumlichkeiten waren so gelegt,
dass alle Zimmer nebeneinander lagen, dass bedeutete,
dass das elterliche Schlafzimmer und das Schlafzimmer
der Kinder ein Durchgangszimmer wurden, welche von
der Wohnküche in das neu hinzugewonnene Wohnzimmer führten.

Liesels Familie war so stolz auf ihre eigene große Wohnung. Endlich gab es auch ein Wohnzimmer, in welches

sich Rudolf auch einmal zurückziehen konnte, um Radio zu hören, oder sich auf dem Sofa ausruhen konnte.

Liesel gestaltete mit viel Liebe ihre Wohnküche mit den vorhandenen Möbeln und Gegenständen, wo sich nach wie vor der Alltag abspielte, neu.

Aus Liesel wurde eine hübsche und bezaubernde junge Frau und Mutter, die Mitten im Leben stand. Ihr Mann Rudolf war sehr stolz auf sie und liebte es an ihr besonders, dass sie an ihren Grundsätzen für ein gutes Miteinander in Familie immer festhielt. Ehrlichkeit und Zuverlässigkeit waren Liesels wichtigste Eigenschaften, die sie selbst vorlebte und die sie auch von ihren Mitmenschen erwartet hatte.

Sie hielt das Geld zusammen, wirtschaftete sehr sparsam und achtete darauf, dass ihr Haushalt immer in Ordnung war. Dazu war es immer sehr wichtig, dass ihre Tochter Erna, gerade weil sie sehr schwierig war, eine gute und solide Erziehung erhielt.

Erna wurde 1947 in die Rabensteiner Schule eingeschult.

Sie war zusammen mit Rudolf und ihrer Mutter Hilde so
stolz auf ihre Tochter.
Sie hatten sogar so viel Geld für diesen Tag sparen können, um Erna eine Schultüte, gefüllt mit viel Schokolade
und zwei Kinderbücher (welche heute noch in meinem Besitz sind) zu
schenken!

Oft erinnerte Liesel sich zu dieser Zeit an ihre eigene Schulzeit. Sie selbst hatte nur sehr selten einmal ein kleines Stück Brot mit dabei. Das war heute anders, sie konnte Erna jeden Tag ein Brot mitgeben. Auch wenn nicht immer gute Butter darauf war, Erna kannte den Geschmack von Margarine und liebte ihn genauso. Auch gab es ab und zu einmal einen Apfel oder eine Birne mit dazu. Wenn Hilde Griebenschmalz machte, dann wollte Erna immer gleich zwei Brote davon mit in die Schule nehmen.

Bildnachweis © SLUB Dresden / Deutsche Fotothek / Fotograf Germina

Erna war zu den anderen Kindern und Lehrern immer lieb und nett, nur ihre Aufgaben in der Schule interessierten sie wenig.

Oft saß sie völlig teilnahmslos im Unterricht. Lieber hätte sie im Garten gespielt, den benachbarten Landwirt geholfen oder wäre mit ihrer Oma Hilde zu den Trümmerfrauen gegangen oder mit ihrem Vater Rudolf Lastkraftwagen gefahren.

Liesel erinnert sich daran, wie ihre Mutter Hilde die kleine Erna einmal zum benachbarten Landwirt schickte, um Milch zu holen. Erna wusste genau, sie sollte sofort nach dem Einkauf wieder nach Hause kommen, da ihre Großmutter die Milch zum Kochen benötigte.

Doch was machte die kleine Erna? Sie war mit ihrer Milchkanne mehr als drei Stunden verschwunden. Oma Hilde hatte Angst um die Kleine, sie suchte sie überall. Der Landwirt sagte, sie sei schon sehr lange von ihm weggegangen. Dann hatte Hilde sie zusammen mit einem Nachbarsjungen im Dorf gefunden, die beiden kannten sich von der Schule her. Sie hatten sich beim Land-

Bildnachweis © SLUB Dresden / Deutsche Fotothek / Fotograf Germina

wirt getroffen, auch er wurde zum Milch holen geschickt. Zu Hause gab es dann richtig Ärger, auch als ihr Vater Rudolf am Abend davon erfuhr.

1947 * Liesels zweite Tochter

Im November 1947 wurde Liesels zweite Tochter Petra geboren. Liesel durfte wieder eine medizinische Vor- und Nachsorge für sich und das Kind genießen.

Zur Entbindung wurde sie wieder in das Rabensteiner Krankenhaus gebracht.

Auch die kleine Erna freute sich darauf, ein Geschwister-chen zu bekommen.

Mit der Versorgung von Lebensmitteln wurde es von Monat zu Monat besser. Noch gab es Lebensmittelkarten, auch Rudolf bekam nach wie vor zusätzliche Lebensmittelmarken für Fleisch der Gruppe eins für Schwerstarbeiter.

Das erleichterte das Wirtschaften für Liesel und ihre Mutter Hilde, nun gab es auch einmal eine Suppe mit Fleischeinlage, welche sie dann immer gleich für drei Tage kochten.

Nach der Geburt begann Liesel nach vier Wochen Erholungszeit damit für ihren Arbeitgeber Bruno Barthel, als Heimarbeiterin zu arbeiten. Sie bekam die Möglichkeit ab dieser Zeit zu Hause Handschuhe zu stricken. Bruno Barthel stellte ihr in ihre Küche dafür eine Strickmaschine auf. Am Tage versorgte Liesel ihre Kinder kochte und putzte. Erledigte mit Erna ihre Schulaufgaben. Am Abend, als alles still wurde, begann sie, oft bis spät in die Nacht, ihre reguläre Arbeit für die Handschuhfabrik zu machen. Sie setzte sich an ihre Strickmaschine und strickte. Oft fiel sie früh am Morgen vor Erschöpfung in ihr Bett, aber sie wusste, um ihre Arbeit behalten zu können, muss sie termingerecht liefern. Meist blieben ihr nur drei bis vier Stunden Schlaf, doch das hat Liesel gerne in Kauf genommen.

Einmal pro Woche fuhr sie mit ihrem Handwagen in die Handschuhfabrik und lieferte die fertigen Handschuhe ab und nahm neue Wolle für die Verarbeitung wieder mit nach Hause. Sie musste damals fast zwei Kilometer bei Wind und Wetter mit dem Handwagen laufen, doch Oma Liesel sagte:

„das hat mir nichts ausgemacht, es war eben damals so."

In den Schulferien musste natürlich die kleine Erna mit in die Fabrik, ganz stolz saß sie mit im Handwagen und lies sich ziehen.

Mit Liesels Arbeit wurde es ihnen ermöglicht, sich ein bisschen Geld zu Seite zur legen, um sich ihr Leben und

ihren Haushalt, nach und nach schöner gestalten zu können.

1948 Liesels Spezialrezepte

Liesel begann damit ihr persönliches Buch
für Kochrezepte zu führen.

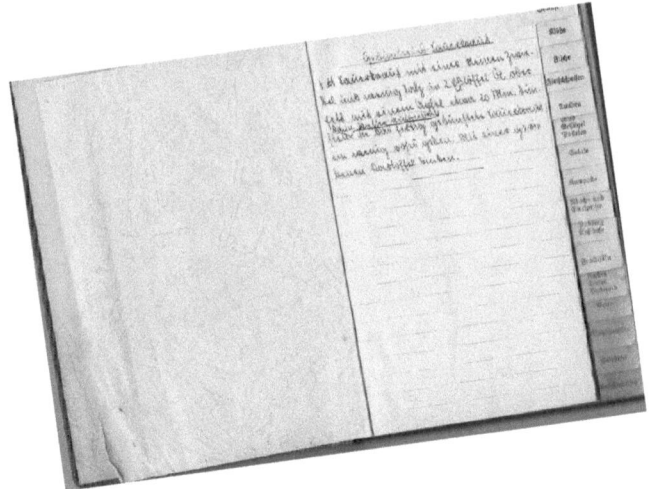

(Dieses Kochbuch ist heute noch in meinem Besitz)

Sie notierte akribisch all ihr Wissen, ihre und ihrer Mutter Hildes Erfahrungen der letzten Jahre, was das Kochen und Backen betraf.

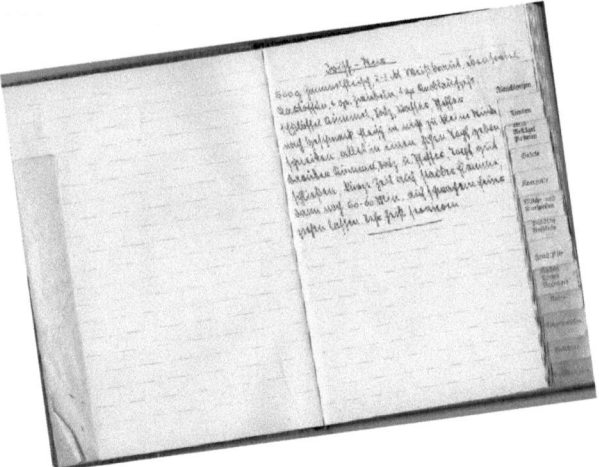

Ihr war es sehr wichtig, weiterhin sehr sparsam mit Lebensmitteln umzugehen und bedacht ihre Familie zu ernähren.

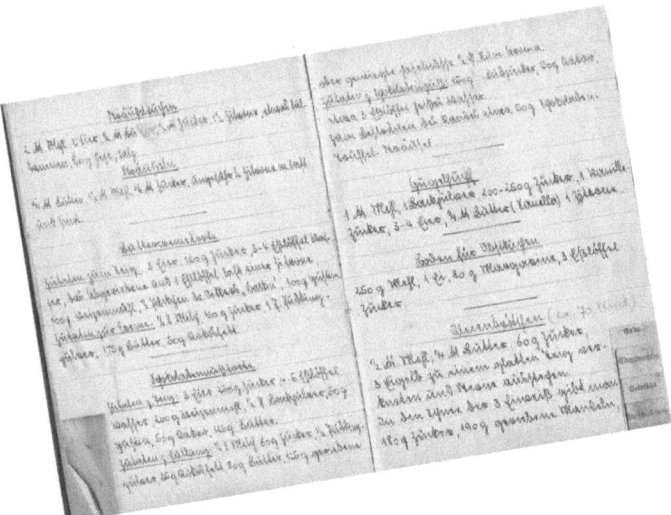

Alle Zutaten wurden generell abgewogen und ganz genau nach Vorschrift verwendet. Bei Fleischgerichten achtete Liesel darauf, dass sie pro Person nie mehr als 150 g Frischfleisch verwendete.

Sie kochte Kinderbrei für ihre zweite Tochter Petra aus frischen Karotten. Liesel hatte es genossen, ihre Kinder zu dieser Zeit viel besser ernähren zu können, als es noch in den Kriegsjahren üblich war.

Selbst für ihren Mann Rudolf zauberte sie einen leckeren Eierlikör und einen Löwenzahnlikör. An den Wochenenden schob sie einen einfachen, aber unverwechselbaren Rührkuchen, einmal mit und einmal ohne Rosinen, für die Familie in die Backröhre ihres Küchenofens.

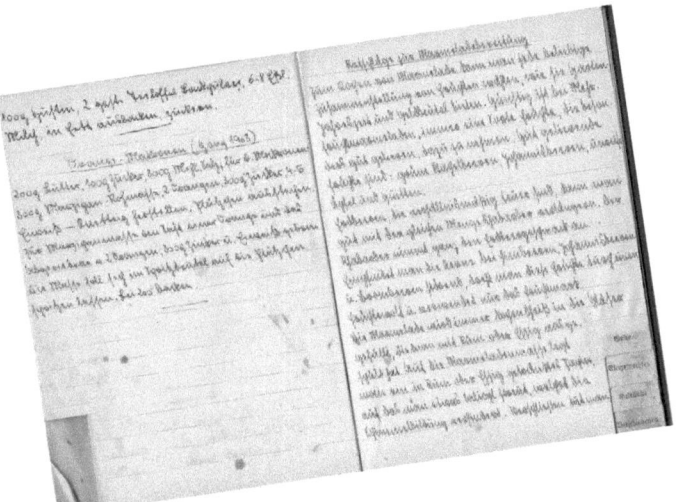

Eines ihrer unschlagbaren Rezepte
ist und bleibt ihre
sächsische Eierschecke!

Zum Überleben

Der Satz »Am Kochtopf wird der Krieg gewonnen«, galt im übertragenen Sinne auch für die Bewältigung der Nachkriegsnöte. Wo Schmalhans Küchenmeister war, wurden wir satt weggeworfen!

Zum Überleben

Der Satz „Am Kochtopf wird der Krieg gewonnen", galt im übertragenen Sinne auch für die Bewältigung der Nachkriegsnöte. Wo Schmalhans Küchenmeister war, wurde nichts weggeworfen!

<u>Einfache Rezepte mit Gemüseabfällen für:</u>

Kartoffelklöße, Klitscher, Kartoffelsuppe,

Gemüsebrei

Die sauberen Gemüseabfälle/Schalen/Pell
e verlesteichen, das Kochwasser abgießen
und auffangen. Die Gemüseabfälle durch
einen Fleischwolf drehen. Die entstandene
Masse, kann man sowohl für Klöße, Klitsch
er (Kartoffeltaler) als wein auch für Kartof
felsuppe verwenden. Für Kleinkinder ist d
ne durchgedrehte Brei einen wahrhaften Nahrun
ng.

Das aufbewahrten Kochwasser, verwalten lass
en und als Getränk reichen.

Liesels Rezepte aus Gemüseabfällen für:

Kartoffelklöße, Klitscher, Kartoffelsuppe, Gemüsebrei

Die sauberen Gemüseabfälle/Schalen/Pelle weichkochen, das Kochwasser abgießen und auffangen. Die Gemüse-abfälle durch einen Fleischwolf drehen. Die entstandene Masse, kann man sowohl für Klöße, Klitscher (Kartoffel-taler) aber auch für Kartoffelsuppe verwenden. Für Kleinkinder ist der durchgedrehte Brei eine nahrhafte Nahrung.

Das aufbewahrte Kochwasser, erkalten lassen und als Getränk reichen.

Dicke Kohlrübensuppe

Zutaten:

1 kg Unterrüben/Kohlrüben, Kartoffel (von mir vorhanden)

Schweineschmalz/Margarine, Zwiebeln (wenn vorhanden), Lüttne (wenn vorhanden), Salz

Zubereitung:

Kohlrüben und Kartoffel mit Schalen waschen und klein schneiden, mit Salz kochen, u schmal mit Wasser auffüllen, etwa 30 Minuten garen lassen und drücken. Schmalz auflassen und dazugeben.

Reste kühl stellen und von Tag zu Tag in it etwas Wasser erwärmen und aufkochen.

Dicke Kohlrübensuppe

Zutaten:

1 kg Steckrüben/Kohlrüben, Kartoffel (wenn vorhanden)

Schweineschmalz/Margarine, Zwiebeln (wenn vorhanden), Butter (wenn vorhanden), Salz

Zubereitung:

Kohlrüben und Kartoffel mit Schale waschen und klein schneiden, mit Salz kochen, nochmals mit Wasser auffüllen, etwa 30 Minuten garen lassen und drücken. Schmalz auslassen und dazugeben.

Reste kühl stellen und von Tag zu Tag die benötigte Menge mit etwas Wasser verdünnen und aufwärmen.

Grießsuppe

Zutaten:

2 EL Margarine/Schmalz
6 EL Hartweizengrieß
1 Liter Wasser
Salz

Zubereitung:

Margarine/Schmalz in einem Topf langsam zum schmelzen. Den Grieß vorsichtig einrühren, unter ständigem Rühren golden werden den lassen. Den Topf von der Kochstelle ziehen und mit dem Wasser ablöschen.
Salzen (wenn möglich). Kurz Aufkochen l assen und noch ca. 5 Minuten langsam zi ehen lassen. Steht die Suppe länger wird sie zu Brei und wird an den kommenden Ta gen als Grießbrei mit einer Marmelade in einem Wasserbad aufgewärmt!

Grießsuppe

Zutaten:

2 EL Margarine/Schmalz
6 EL Hartweizengrieß
1 Liter Wasser
Salz

Zubereitung:

Margarine/Schmalz in einem Topf langsam schmelzen. Den Grieß vorsichtig einrühren, unter ständigem Rühren golden werden lassen. Den Topf von der Kochstelle ziehen und mit dem Wasser ablöschen.
Salzen (wenn möglich). Kurz aufkochen lassen und noch ca. 5 Minuten langsam ziehen lassen. Steht die Suppe länger wird sie zu Brei und wird an den kommenden Tagen als Grießbrei mit etwas Marmelade in einem Wasserbad aufgewärmt!

Brotsuppe

Zutaten:

150 g altes Brot
Zwiebel (wenn vorhanden)
Lauch (wenn vorhanden)
etwas Mehl (wenn vorhanden)
Brühe (wenn vorhanden), sonst Wasser
Löwenzahnkraut/Bärlauch aus dem Wald
(wenn vorhanden).

Zubereitung:

Brot in Scheiben schneiden, Salz/Lauch auch
essen, bei geringer Hitze trocknen lassen.
Die Zwiebel schälen, in feine Würfel schneiden
und in das Fett hinzugeben. Das Mehl z
inzufügen, fett anrösten und mit der Brü
he (wenn vorhanden) oder Wasser auffüllen
u. das Brot hinzugeben. Die Brotsuppe unter
rührmaligem Umrühren noch etwa 15
Minuten kochen lassen.
Mit Salz nachwürzen und mit klein gehackt
rüttenen Löwenzahnblättern/Bärlauch be
streuen.

Brotsuppe

Zutaten:

150 g älteres Brot
Zwiebel (wenn vorhanden)
Butter (wenn vorhanden)
etwas Mehl (wenn vorhanden)
Brühe (wenn vorhanden), sonst Wasser
Löwenzahnkraut/Bärlauch aus dem Wald (wenn vorhanden).

Zubereitung:

Brot in Scheiben schneiden, Fett/Butter auslassen, bei geringer Hitze trocken rösten. Die Zwiebel schälen, in feine Würfel schneiden und in das Fett hinzugeben. Das Mehl hinzufügen, hell anrösten und mit der Brühe (wenn vorhanden) oder Wasser auffüllen. Das Brot hinzugeben. Die Brotsuppe unter mehrmaligem Umrühren noch etwa 15 Minuten kochen lassen.
Mit Salz nachwürzen und mit klein geschnittenem Löwenzahnblättern/Bärlauch bestreuen.

Einfach süße Holunderblütenschnitzel

Zutaten:

Im Sommerschein frisch gepflückte Holunderblütendolden
200g Mehl
8 l Milch
Öl
2 Limonis
Schmalz/Margarine
Zucker
Zimt

Zubereitung:

Mehl und Milch gut verrühren, die Eigelb
und das Öl dazugeben. Limonis heiß schlagen
und unter den Teig heben. Nun das Schmal-
z/Margarine sehr heiß werden lassen und
die Holunderblütendolden darin ausbacken.
Unbedingt die Stiele an den Dolden lassen.
Nach dem ausbacken mit Zucker und Zimt
bestreuen.

Liesels süße Holunderblütenschnitzel

Zutaten:

Im Sonnenschein frisch gepflückte Holunderblütendolden

200g Mehl

¼ l Milch

Öl

2 Eiweiß

Schmalz/Margarine

Zucker

Zimt

Zubereitung:

Mehl und Milch gut verrühren, die Eigelb und das Öl dazugeben, Eiweiß steif schlagen und unter den Teig heben. Nun das Schmalz/Margarine sehr heiß werden lassen und die Holunderblütendolden darin ausbacken. Unbedingt die Stiele an den Dolden lassen. Nach dem Ausbacken mit Zucker und Zimt betreuen.

Einfache Süße Mehlsuppe

Zutaten:

350 ml Milch
30 g Mehl
Zucker
Salz

Zubereitung:

300ml Milch mit Zucker und Salz aufkochen. 50m
l Milch mit dem Mehl verrühren und unter ständi
gem Rühren in die kochende Milch geben bis eine
leicht dicke Suppe entsteht.
Die Mehlsuppe kann mit Marmelade, Obst oder
mit Zimt gegessen werden.

Liesels Süße Mehlsuppe

Zutaten:

350 ml Milch

30 g Mehl

Zucker

Salz

Zubereitung:

300ml Milch mit Zucker und Salz aufkochen. 50ml Milch mit dem
Mehl verrühren und unter ständigem Rühren in die kochende
Milch geben bis eine leicht dicke Suppe entsteht.
Die Mehlsuppe kann mit Marmelade, Gelee oder mit Zimt geges-
sen werden.

Einfach lecker Schmaus

Zutaten:

Altes Brot

Blümchenkaffee/Kaffeeersatz

Zucker

Zubereitung:

Das harte Brot in kleine Stücke schneiden,
mit heißem Blümchenkaffee oder Kaffeen-
ersatz auf einem Teller übergießen und
mit Zucker überstreuen

Liesels Kaffee Schmand

Zutaten:

Altes Brot

Blümchenkaffee/Kaffeeersatz

Zucker

Zubereitung:

Das harte Brot in kleine Stücke schneiden, mit heißem Blümchen-kaffee oder Kaffeeersatz auf einem Teller übergießen und mit Zucker überstreuen.

Linsen hinter Kartoffelpüree

Zutaten:

Kartoffeln

Butter/Schmalz/Margarine

Mehl

Lorbeerblatt/Kümmel/Nelken/Gewürze

Essig nach Geschmack

Zubereitung:

Kartoffeln waschen und mit Schalen kochen.
Aus Butter/Margarine/Schmalz eine aus
Mehl eine Mehlschwitze zubereiten. Braun werden
lassen, damit eine dicke Soße entsteht. Lorbeerblatt und Gewürze zufügen. Je nach Geschmack mit Essig abschmecken. Kartoffeln u.
aus dem Garen pellen und in Würfel schneiden und in die Soße geben. (Würstchen in
kleinen Stücken zufügen) und etwa 15 M
in. ziehen lassen.

Liesels saure Kartoffelstückchen

Zutaten:

Kartoffeln

Butter/Schmalz/Margarine

Mehl

Lorbeerblatt/Kümmel/Nelken/Gewürze

Essig nach Geschmack

Zubereitung:

Kartoffeln waschen und mit Schale kochen. Aus Butter/Margarine/Schmalz eine dunkle Mehlschwitze zubereiten. Brühe aufgießen, damit eine dicke Soße entsteht. Lorbeerblatt und Gewürze zufügen. Je nach Geschmack mit Essig abschmecken. Kartoffeln nach dem Garen schälen und in Würfel schneiden und in die Soße geben. (Würstchen in kleinen Stücken zufügen) und alles 15 Min. ziehen lassen.

Zum genießen

Quarktaschen Linsenschere

Zutaten für den Boden:

50 g Margarine

50 g Zucker

2 Eier 100 g

1 gehäufter EL Mehl

Zutaten für die Füllung:

750 g Quark

3 Eier 200 g

Zucker

Rosinen nach Belieben.

Zutaten für die Schicht:

1,5 Pck. Vanillepuddingpulver

9 EL Zucker

750 ml Milch

185 g Butter

zerlassen 100 g Zucker

5 Eier

1 Pck. Vanillezucker

Zubereitung:

Den Backofen auf 180°C an/vorheizen.

Zunächst den Vanillepudding kochen, abkühlen lassen.

Nun die Zutaten für den Boden miteinander verrühren, in eine ausgebutterte runde hohe Form geben. (Der Teig sollte dabei eine zähe Konsistenz haben). Bei 180°C 10 Minuten goldgelb backen. Während der Backzeit die Zutaten für die Quarkfüllung miteinander verrühren.

(Wer den Kuchen mit Rosinen möchte, sollte diese mindestens 30 Minuten vorher in heißem Wasser einweichen.) Rosinen unter die Quarkmasse haben.

Zubereitung der Schnee:

5 Eier trennen, die Eigelb sowie die zugelassen Eier direkt in den erkalteten Pudding geben und kurz aufschlagen.

Die Eiweiße mit einer Prise Salz steif schlagen. (Unbedingt darauf achten, dass kein Eigelb dazwischen rutscht). Alle Küchengeräte, die ihr benutzt, ... oder völlig fettfrei sein. Nun ganz langsam das 1 steife Eiweiß unter die Puddingmasse haben. Nun die Quarkmasse langsam auf den vorgebacken im Boden verteilen und dann die Schoko=Masse darauf.

Die Zimtschnecken bei 180°C 60=70 Minuten backen. Damit die Oberfläche der Schnecken nicht schwarz wird, & könnt ihr sie nach 30 Minuten Backzeit mit einem Backpapier /Alufolie abdecken.

Guten Appetit!

Zum genießen

Sächsische Eierschecke

Zutaten für den Boden:

50 g Margarine

50 g Zucker

2 Eier 100 g

1 gehäufter Tl Mehl

Zutaten für die Füllung:

750 g Quark

3 Eier 200 g

Zucker

Rosinen nach Belieben.

Zutaten für die Schecke:

1,5 Pck. Vanille Puddingpulver

9 EL Zucker

750 ml Milch

185 g Butter zerlassen

100 g Zucker

5 Eier

1 Pck. Vanillezucker

Zubereitung:

Den Backofen auf 180°C an/vorheizen.

Zunächst den Vanillepudding kochen, abkühlen lassen.

Nun die Zutaten für den Boden miteinander vermengen, in eine ausgebutterte etwas hohe Springform geben. (Der Teig sollte dabei eine zähe Konsistenz haben). Bei 180°C 10 Minuten goldgelb backen. Während der Backzeit die Zutaten für die Quarkfüllung miteinander vermengen.

(Wer den Kuchen mit Rosinen möchte, sollte diese mindesten 30 Minuten vorher in heißen Wasser einweichen.) Rosinen unter die Quarkmasse heben.

Zubereitung der Schecke:

5 Eier trennen, die Eigelb sowie die zerlassene Butter direkt in den erkalteten Pudding geben und kurz aufschlagen.

Die Eiweiße mit einer Prise Salz steif schlagen. (Unbedingt darauf achten, dass kein Eigelb dazwischenkommt). Alle Küchengeräte, die ihr benutzt, müssen völlig fettfrei sein. Nun ganz langsam das steife Eiweiß unter die Puddingmasse heben. Nun die Quarkmasse langsam auf dem vorgebackenen Boden verteilen und dann die Schecke-Masse darauf.

Die Eierschecke bei 180°C 60-70 Minuten backen. Damit die Oberfläche der Schecke nicht schwarz wird, könnt ihr sie nach 30 Minuten Backzeit mit einem Backpapier /Alufolie abdecken.

Guten Appetit!

Einfacher Eierlikör

<u>Zutaten:</u>

8 frische Eigelb (Gr. M)

250 g Puderzucker

1 Päckchen Vanillezucker

1/4 l weißen Rum oder 250 ml Spirit 96 % Vol.

340 ml Kondensmilch

<u>Zubereitung:</u>

Die Eigelb und den Vanillezu=
cker in   einer Metallschüssel verrühren.
   Nach und nach Puderzucker, Kondensmilch
f und Rum/Spirit unterrühren. Die Eierli
kör=Masse mit den Schneebesen über einem
in heißen Wasser=
bad ca. 6 Minuten dickcremig aufschlag
en. Den Eierlikör mit Hilfe eines Trichter
s in Flaschen füllen und gut verschließen.

Liesels Eierlikör

Zutaten:

8 frische Eigelb (Gr. M)

250 g Puderzucker

1 Päckchen Vanillezucker

1/4 l weißer Rum oder 250 ml Sprit 96 % Vol.

340 ml Kondensmilch

Zubereitung:

Die Eigelbe und den Vanillezucker in einer Metallschüssel verrühren. Nach und nach Puderzucker, Kondensmilch und
Rum/Sprit unterrühren. Die Eierlikör-Masse mit den Schneebesen über einem heißen Wasserbad ca. 6 Minuten dickcremig
aufschlagen. Den Eierlikör mit Hilfe eines Trichters in Flaschen füllen und gut verschließen.

Einfacher Löwenzahnlikör

Zutaten:

300 g Löwenzahnblüten (Süßblumen), in den
ersten Tagen gepflückt ohne Stängel und Blatt
grün
2 Teelöffel geriebene Zitronenschalen
Saft von 4 Zitronen
3 l Wodka
Zucker
450 g Wasser

Zubereitung:

Die Blüten waschen und von Blattgrün 1
trennen.
Allen Zutaten außer Zucker und Wasser zu
geben. für etwa 4 Wochen dunkel und kühl
l stellen. Wenn alles gut durchgezogen ist,
anschließend durch ein Leinentuch filtern
und den im Wasser aufgelösten Zucker dazu
geben.

Liesels Löwenzahnlikör

Zutaten:

300 g Löwenzahnblüten (Kuhblume), in der Sonne geerntet ohne Stängel und Blattgrün

2 Teelöffel geriebene Zitronenschale

Saft von 4 Zitronen

3 l Wodka

Zucker

450 g Wasser

Zubereitung:

Die Blüten waschen und vom Blattgrün trennen.

Alle Zutaten außer Zucker und Wasser zugeben. Für etwa 4 Wochen dunkel und kühl stellen. Wenn alles gut durchgezogen ist, anschließend durch ein Leinentuch filtern und den im Wasser aufgelösten Zucker dazugeben.

Die Entwicklung in Ostdeutschland

In Ostdeutschland waren der Wiederaufbau und die gesamte wirtschaftliche Entwicklung etwas langsamer vorangegangen als in der westlichen Zone. Es gab 1948 auch in Ostdeutschland eine Währungsreform, doch leider brachte sie nicht den gewünschten Erfolg. Der Schwarzmarkt blühte im Osten länger als im Westen.

Bildnachweis © SLUB Dresden / Deutsche Fotothek / Fotograf Roger & Renate Rössing

Die größten Nutznießer waren in dieser Zeit die Bauern und Landwirte. Die notleidende Bevölkerung tauschte bei ihnen ihre Wertgegenstände, wie Uhren, Teppiche, wertvolles Porzellan und alten Familienschmuck gegen dringend benötigte Lebensmittel wie Fleisch, Eier, Milch, Butter, Schweineschmalz oder Getreide ein.

Viele Geschäftsleute haben damals in der Ostzone ihre Geschäfte geschlossen und sind in den westlichen Teil von Deutschland, um da einen Neuanfang zu machen.

Dazu flüchten viele Ostdeutsche aus wirtschaftlichen und politischen Gründen in den Westteil.

Liesel sagte:

„Wir hatten uns nie mit dem Gedanken beschäftigt, unser Leben hier im Osten aufzugeben, um im Westen wieder von ganz vorn anzufangen. Dazu schätzten und achteten wir, dass was wir uns bisher erarbeitet hatten, viel zu sehr. Hinzu kam, dass wir uns alle noch nie politisch orientiert hatten, wir nahmen die Situationen immer so an, wie sie gerade waren.

Zudem hatten meine Mutter Hilde und ich, nie die Hoffnung aufgegeben, dass mein Bruder Erwin doch wieder lebend zu uns nach Hause zurückkommt. Er hätte ja nicht gewusst, wo er uns dann finden sollte, wenn wir in den Westen gegangen wären! Wir hatten zu dieser Zeit alles was wir benötigten, eine Arbeit, genug zu essen und wir waren finanziell so weit, dass wir unseren Kindern ab und zu etwas bieten konnten. Auch wenn wir nicht alles besäßen, was es im Westen gab, wir waren damit zufrieden und glücklich, so wie es war."

Nur ihre Tochter Erna bereitete der Familie immer wieder Sorgen. Sie hat es nicht geschafft, zuverlässig zu sein. Auch ihre schulischen Leistungen waren nicht die Besten. Schon in der dritten Klasse der Hauptschule kam sie gerade so durch. Trotz großer Bemühungen von Liesel und ihrer Mutter Hilde konnte man sie zum Lernen nicht ermutigen. Immer hatte sie nur andere Dinge im Kopf!

Liesels 50er Jahre

Anfang der 50er Jahre wurden im Ostteil von Deutschland die HO - Verkaufsstellen eingeführt. Unzählige private Lebensmittelgeschäfte wurden somit zu einer modernen Verkaufsstelle.

Auch der kleine Laden, der unten in ihrem Haus viele Jahre gute Dienste geleistet hatte, wurde umgestaltet und vergrößert.

Bildnachweis © SLUB Dresden / Deutsche Fotothek / Fotograf Günther Hanisch

Die Modernisierung war für Liesel und ihre Mutter eine sehr große Erleichterung. Ab sofort konnten sie da alle ihre Lebensmittel beziehen, die sie zum Leben benötigten. Wenn ihr einmal etwas ausgegangen war, konnte sie auch die Kinder einmal ganz schnell nach unten schicken, um es zu besorgen. Nun gab es da auch Wurst und Fleischwaren.

In den Großstädten eröffneten immer mehr HO- Kauf-
häuser, in denen es neben Lebensmitteln auch Haushalt-
waren und Textilien gab.

Bildnachweis © SLUB Dresden / Deutsche Fotothek / Fotograf Roger & Renate Rössing

Fünf Jahre nach Kriegsende musste Liesels Mutter Hilde
ihren Sohn Erwin für
vermisst melden.
Zeitgleich ließ sie ihn über den Suchdienst vom
Roten Kreuz suchen!

Jeden Abend, bevor Hilde in ihr Bett ging und

jeden Morgen, als sie aufstand,

hatte sie für ihren Sohn gebetet,

dass er den schlimmen Krieg,

in dem er kämpfen musste,

überlebt hatte und dass der Tag kommen würde,

an dem sie ihn wieder

in ihre Arme nehmen kann!

Ab 1952 durfte Liesels Tochter Petra
einen Kindergarten besuchen.

Das gefiel Petra, sie konnte den ganzen Tag mit anderen
Kindern zusammen sein. Sie war so unkompliziert. Jeden
Morgen, packte sie ihre Brottasche, zog sich von ganz allein an und wartete das Liesel sie zu ihren Kindern
brachte. Petra war auch bei ihren Erzieherinnen sehr
beliebt.

Oft staunte Liesel wie viele Kindergedichte und Kinder-
lieder Petra lernte. Auch ihr Vater Rudolf und ihre Oma
Hilde waren sehr stolz auf Petra und wussten, aus ihr
wird sicher einmal eine kluge Frau werden.

Im September 1955 wurde Petra in die
Rabensteiner Schule eingeschult.

Sie war das ganze Ge-
genteil ihrer älteren
Schwester Erna. Sie
freute sich, auf die
Schule und darauf
endlich auch Lesen
und Schreiben zu ler-
nen.

1955 † Erwins Tod?

Hilde hatte die Aufforderung
der zuständigen Behörden bekommen, ihren Sohn Erwin,
für tot erklären zu lassen.

Das war für Hilde die
schlimmste und traurigste Aufgabe,
die ihr das Leben auferlegt hatte!

Was Hilde von ihrem Sohn geblieben war, waren einige wenige Bilder und die vielen Erinnerungen, an seine menschliche, hilfsbereite und liebevolle Art, mit seiner Familie zusammenzuleben und sie zu unterstützen und sein kleiner Teddybär aus Kindertagen!

Liesel und ihr Mann Rudolf unterstützten Hilde, in dieser Zeit, wo sie nur konnten.

Doch die Ungewissheit und die Trauer dazu machten Hilde sehr krank. Es gab Tage, an denen weinte sie ununterbrochen. Selbst ihre Enkelkinder konnten sie nicht trösten.

Hilde sagte immer:

„Für mich wäre alles viel leichter zu ertragen, wenn ich an Erwins Grab gehen und mit ihm sprechen könnte."

Den Tag, als sie ihr Einverständnis gab, ihren Sohn für tot zu erklären, konnte Hilde niemals vergessen. Es war genau eine Woche vor Ernas Konfirmation.

Hilde versuchte, sich mit den Vorbereitungen für das Fest abzulenken, doch das gelang ihr nur am Tag. Sobald sie am Abend zur Ruhe kam, betete sie und bat ihren Sohn unter Tränen um Verzeihung, dass sie den bürokratischen Vorschriften gefolgt war und ihn nun für tot erklären ließ!

Im Sommer 1955 erreichte Liesels Tochter Erna mit
Mühe und Not ihren Hauptschulabschluss.

Sie hätte gern den großen Wunsch gehabt, den Beruf als
Verkäuferin in einem edlen Textilgeschäft zu erlernen.

Doch ihre Schulnoten ließen das nicht zu.

Da Liesel in der Handschuhfabrik Bruno Barthel als Ar-
beiterin ein sehr gutes Ansehen hatte und ihre zuverlässige Arbeit sehr geschätzt wurde, hatte sie es geschafft,
ihre Tochter Erna, trotz schlechter Schulnoten, als Aus-
zubildende zur Strickerin unterzubekommen.

Erna war selbst nicht so begeistert von dieser Arbeit,
doch sie hatte keine andere Wahl.

Als 1955 das Sendenetz auch für Chemnitz und Umgebung vom Deutschen Fernsehfunk ausgebaut wurde,
kauften Liesel und Rudolf drei Wochen vor Weihnachten
ihren ersten Fernseher.

Liesel sagte damals:

„Das war eine Aufregung, schon allein das Anschließen
der Antenne auf dem Dach, um überhaupt einen Sender
zu finden. Mit Spannung saßen alle im Wohnzimmer und
Rudolf ist auf das Dach geklettert, um mit einem Be-

kannten zusammen die Mon-
tage und die Einstellungen der
Fernsehantenne vorzunehmen.
Dazu wurde neben dem Fern-
sehgerät noch ein spezieller
Stromregler benötigt.
Drei Tage hatte es damals ge-
dauert, bis wir endlich ein Bild
sahen und hörten, was

gesendet wurde. Natürlich gab es nur einen Sender, damals den DFF und der begann erst in den Abendstunden damit, sein Programm freizuschalten. Rudolf sah von da an jeden Abend seine Nachrichtensendung die „Aktuelle Kamera" und sobald ich am Abend einen Film angesehen hatte, schlief Rudolf auf dem Sofa ein."

Im Winter 1956 wurde Liesels Mutter Hilde immer
schwächer. Ihre traumatischen Erlebnisse in den beiden
Weltkriegen und die Jahre danach hatten ihre Spuren
hinterlassen. Nachdem sie ihren Sohn Erwin dazu noch
für tot erklären musste, konnte die Familie große Veränderungen bei ihr feststellen. Sie hatte keinen Sinn mehr
in ihrem Leben gesehen, aß immer weniger und magerte
zusehnst mehr ab. Ihr behandelnder Arzt schickte Hilde
für vier Wochen nach Bad Berka zur Erholungskur.

Nachdem Hilde sehr gut erholt von ihrem Kuraufenthalt nach Hause zurückkam, überraschte sie ihre Familie mit einer elektrischen Waschmaschine von der Firma Zanker. Liesels Mann hatte den Vorschlag seiner Frau sofort akzeptiert und gab dafür einen Teil der Ersparnisse aus. Diese Anschaffung war für die gesamte Familie eine sehr große Erleichterung. Die Freude war groß!

Entgegen aller Bedenken, die ihre Familie hatte, absolvierte Erna doch zufriedenstellend ihre Prüfungen. Sie bestand ihren Berufsschulabschluss 1957 nach zwei Jahren Ausbildungszeit mit einer Durchschnittsnote von drei. Rudolf und Liesel fiel ein Stein vom Herzen, als Erna ihr Abschlusszeugnis in der Hand hielt und nun ihr eigenes Geld verdiente. Sie hatte auch Ansprüche an das Leben, nichts war ihr gut genug. Wer aber Erna kannte, wusste, dass sie naiv und leichtgläubig ist.
Zu gerne ging sie mit ihren Freundinnen zum Tanz in den Gasthof zum Goldenen Löwen in Rabenstein.

In diesem Tanzlokal lernte sie
auch zu einer Veranstaltung ihren ersten Freund Heinz kennen.
Heinz war ein sehr netter und
zuvorkommender junger Mann.
Er war gebürtiger Westfale und
leistete zu dieser Zeit seinen
Wehrdienst in Chemnitz ab.

Die beiden verliebten sich ineinander. Es dauerte nicht
lange, da bat Erna ihre Eltern darum, dass sie ihren
Freund Heinz ihnen vorstellen kann. Rudolf und Liesel

akzeptierten Ernas Freund und hießen ihn herzlich willkommen in ihrer kleinen Familie.

Anfang 1958 wurde das Unternehmen Bruno Barthel, in dem Liesel und auch ihre Tochter Erna, zur Strickerin ausgebildet wurden und weiterhin arbeiteten verstaatlicht. Die Gründerfamilie Barthel floh vor dem Mauerbau nach Westdeutschland. Aus Bruno Barthels Betrieb wurde nach der Verstaatlichung der volkseigene Betrieb „VEB Polar". Hier arbeiteten zeitweise bis zu 2.000 Beschäftigte.

Auch Liesel arbeitete weiterhin in Heimarbeit in dieser Handschuhfabrik. Sie hatte für sich keine andere Möglichkeit gesehen, eine andere Arbeit aufzunehmen. Handschuhstrickerin war ihr Beruf, den sie erlernt hatte. Auch ihre Tochter Erna blieb bei den neuen Firmeninhabern. Sie war zur Zeit des Umbruchs schon schwanger.

Bruno Barthel war damals einer der größten Arbeitgeber in Rabenstein/Chemnitz. Jeder Einzelne von seinen Beschäftigten trauerte dem Arbeitgeber hinterher. Sie mochten seine menschliche Art, wie er mit seinen Beschäftigten umging.

1958 * Liesels erstes Enkelkind

Im Juni 1958 heirateten
Erna und Heinz

Drei Monate später wurde Liesels
erste Enkeltochter Gabriele geboren.

Somit wurde Liesel mit vierzig Jahren das erste Mal Oma. Die kleine Gabriele war der Mittelpunkt der Familie. Opa Rudolf vergötterte sie.

Erna mietete sich zusammen mit ihrem Mann Heinz in Liesels Wohnhaus eine kleine Wohnung an. Somit blieb die Familie zusammen und konnten sich gegenseitig unterstützen.

Nachdem Heinz seinen Wehrdienst 1959 absolviert hatte, blieb er in Rabenstein/Chemnitz bei seiner kleinen Familie und ging nicht nach Westfalen zurück. Er bekam eine Anstellung als Lastkraftwagenfahrer und belieferte die Geschäfte mit Obst und Gemüse. Erna begann nach zwei Monaten Erziehungsurlaub wieder in der Strickerei zu arbeiten. Die kleine Gabriele wurde von ihrer Uroma Hilde und ihrer Oma Liesel ganztags betreut. Zu dieser Zeit gab es schon staatliche Kindereinrichtungen, in denen man seine Kinder am Morgen abgeben konnte und sie nach getaner Arbeit wieder mit nach Hause nehmen konnte. Doch das kam für Erna nicht in Frage. Sie wusste ja, dass ihre Großmutter und ihre Mutter zu Hause waren. Das Liesel selbst mit vierzig Jahren noch einmal schwanger war, ignorierte Erna.

Nachdem sie verheiratet war, ihr erstes Kind geboren und ihre eigene Wohnung hatte, hatte sich Erna ein klein wenig geändert. Es hatte den Anschein, dass sie den Willen dazu zeigte, selbst zu kochen und zu putzten. Die Familie staunte nicht schlecht und war von diesen Wandlungen sehr angenehm überrascht.

An den Sonntagen ging Liesels Mann Rudolf nachmittags regelmäßig mit seinem Schwiegersohn auf den Fußballplatz in Rabenstein. Meist nahmen die zwei Väter ihre Töchter Petra und Gabriele mit.

1959 * Liesels dritte Tochter

Im Januar wurde Liesels dritte Tochter Helga geboren.

Oma Liesel sagte:

„Es war nicht geplant, dass ich mit einundvierzig Jahren
noch einmal Mutter werde,
immerhin hatte ich ja schon ein Enkelkind!
Und dennoch, die Freude war groß,
als Helga das Licht der Welt erblickte."

Sie war ein sehr folgsames Kind. Lachte immer alle Leute an.

Liesel genoss zu dieser Zeit vier Monate bezahlten Erziehungsurlaub. Damit hatte sie genug Zeit sich um ihre Familie, um ihre Mutter Hilde und um ihr Enkelkind Gabriele zu kümmern. Sie übernahm den größten Teil der Hausarbeit und die Zubereitung des Essens.

Ihre Tochter Petra war zu dieser Zeit schon zwölf Jahre alt und besuchte die Mittelschule in Rabenstein. Mit ihr  hatte sie keinerlei Probleme. Sie brachte sehr gute Schulnoten nach Hause und war sehr zuverlässig. Wenn Liesel ihr eine Aufgabe erteilte, erledigte sie immer zu Liesels Zufriedenheit. Petra beteiligte sich freiwillig beim

Kochen und Backen. Auch ging sie sehr gern nach unten in das Lebensmittelgeschäft zum Einkaufen.

Dazu war Petra immer gern bereit die Betreuung der kleinen Kinder zu übernehmen, oft steckte sie eines der Kinder in den Kinderwagen und spazierte mit ihnen durch Rabenstein.

Sie war das perfekte Kindermädchen.

Bildnachweis © SLUB Dresden / Deutsche Fotothek / Fotograf Wolfgang Schröder G.

1959 * Liesels zweites Enkelkind

Im Dezember 1959 wurde Liesels Enkelkind

(mein heutiger Ehemann)

Tony geboren.

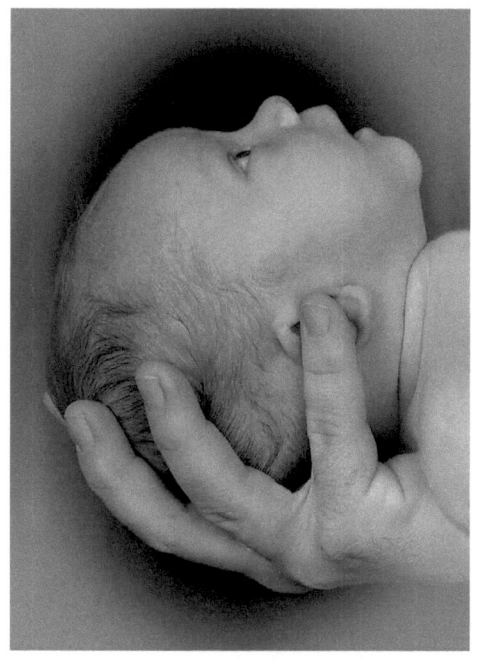

Tony war ein richtiger Sonnenschein!

Er schenkte der Familie mit seiner frohen Natur und mit seinem Lachen so viel Freude. Vom ersten Tag an, hatten alle Familienmitglieder ihn ins Herz geschlossen. Liesels Mutter sagte immer:

„Tony ist der zweite Erwin"!

Und so war es. Tony entwickelte sich wie damals 1916 Hildes Sohn Erwin. Er war ihm wie aus dem Gesicht geschnitten und hatte auch sehr viele Charakterzüge, die auch Erwin ausmachten.

Oft saß Liesels Mutter Hilde nur da und sah Tony zu, wie er alberte und alle zum Lachen brachte. Manchmal erwischte sie selbst dabei, wie sie dann in alten Erinnerungen schwebte, als ihr Sohn Erwin in diesem Alter war.

Dann holte sie das alte Bild, auf dem Erwin so alt war wie jetzt Tony aus dem Schrank und weinte.

Ihre Tränen gehörten zu der immer noch unerträglichen Ungewissheit über den Verbleib ihres Sohnes seit 1945. Aber es waren auch Tränen der Freude, dass Ihr Urenkel Tony jetzt bei ihr ist und sie mit ihm sehr viel Zeit verbringen darf.

Liesels Enkeltochter Gabriele, ihre Tochter Helga und ihr Enkelsohn Tony erfrischten den Alltag in ihrer Familie. Oft gab es Streitigkeiten um ein Spielzeug. Ob es der Kreisel, der Igel, die Puppe oder die Bausteine waren, jeder wollte gerade mit dem spielen, was der andere benutzte.

Da war Leben in Liesels kleiner Wohnküche. Nur wenn Rudolf zu Hause war, waren alle Kinder ganz brav, denn sie wussten, dass er auch einmal etwas lauter sein konnte wie gewohnt.

Liesel sagte dazu:

„Oft dachte ich darüber nach und fand es etwas albern, dass meine Enkeltochter Gabriele, die Nichte meiner Tochter Helga, vier Monate älter ist als sie und dass mein Enkelsohn Tony nur zehn Monate jünger ist, als seine Tante Helga. Somit war Helga schon im Alter eines Kleinkindes Tante von zwei süßen Spielkameraden. Aber so ist das Leben!

Liesels 60er Jahre

1960 Chemnitz im Wandel der Zeiten

1960 war Liesel mit ihrem Mann dann finanziell so weit, dass sie sich ihren ersten Kühlschrank kaufen und sich ein eigenes Sparbuch zulegen konnten.

Bisher hatte sie ihre Ersparnisse immer nur in dieser alten Blechdose aufbewahrt. Sie stammte noch von ihrer Urgroßmutter Marta.

Mit sehr viel Stolz trug Liesel jeden Monat eine
Summe zur Sparkasse.

Ihnen war es wichtig, immer etwas Geld auf Reserve zu
haben, wenn sich die Zeiten doch wieder einmal ändern
sollten oder wenn große Anschaffungen anstehen.
Liesels Familie hatte nicht viele große Wünsche, sie lebten, wie sie es schon immer gewohnt waren, mit dem was
sie besaßen, zufrieden.
Viele ihrer Bekannten zogen Anfang der 60er Jahre in
eine neue Wohnung, die mehr Luxus zu bieten hatte.

Bildnachweis © CHEMNITZGESCHICHTE.DE

Liesel und ihre Familie nicht. Sie wohnten weiterhin in ihrer Dachgeschosswohnung, in der es nur Wasser auf dem gemeinsamen Hausboden gab.

Liesel sagte immer, wenn wir über dieses Thema sprachen:

„Ich empfand es nicht als Belastung, dass unsere Lebensmittel nach wie vor im Keller, drei Etagen tiefer zur Kühlung aufbewahrt wurden. Wir waren genug Leute, meist wurden die Kinder nach unten geschickt, um unser Essen nach oben zu holen oder es wieder nach unten zu tragen. Die Kinder hatten somit ihre Aufgaben. Auch wenn es später mit einem Kühlschrank bequemer war.

Die großen Vorräte wurden nach wie vor im Keller gelagert. (Nur Opa Rudolfs stark riechender Käse, ein Harzer Roller musste immer ungekühlt aufbewahrt werden.)

Auch machte es uns nichts aus, dass wir in unserer Küche kein Wasser und keinen Wasserabfluss besaßen. Wir musste nur unsere Eingangstür öffnen, um unser benötigtes Wasser zu holen oder das Abwasser wegzutragen."

„Das könnte sich heute keine Hausfrau mehr vorstellen, aber wir waren es so gewohnt.

Das wir im Keller unsere Waschmaschine stehen hatten, war für uns auch kein Problem. Die Kohlen waren ebenfalls schnell hochgetragen."

Liesel sagte lächelnd:

„Und gebadet wurde immer nur an den

Samstagen im Waschhaus."

„Dazu wurde der große Wasserkessel angeheizt, eine kleine Zinkbadewanne für die Kinder und eine große Zinkbadewanne für die Erwachsenen aufgestellt. Dann badete einer nach dem anderen, gewaschen wurde sich mit einer gesunden Kernseife.

Im Sommer kamen diese Zinkbadewannen in den Garten wo unsere Kinder ihren Badespaß genossen."

„Die Freiheit, die unsere Kinder, Enkelkinder und Urenkelkinder in Rabenstein erleben durften, hätten wir mit einem Umzug in eine moderne Wohnung direkt in Chemnitz aufgegeben. Auch hatten wir alle eine Arbeitsstelle hier.

Dazu gab es zu dieser Zeit für meine Mutter und für mich, immer noch die Hoffnung, dass mein Bruder Erwin eventuell doch noch lebend in seine Heimat zurückkehrt."

Bis zum Bau der Berliner Mauer wanderten aufgrund der schlechten Versorgungssituation viele Fachkräfte aus Ost- nach Westdeutschland ab, wodurch sie die Wirtschaftskraft der DDR schwächten. Ein Wirtschaftsaufschwung setzte erst nach dem 13. August 1961 ein, als die Berliner Mauer gebaut und die innerdeutsche Grenze geschlossen wurde.

Auch Liesels Schwiegersohn Heinz hatte es mit Erna in Erwägung gezogen, zusammen mit ihren zwei Kindern nach Dortmund in seine Heimat zu gehen. Doch Erna wollte damals nicht von ihrer Familie weg. Sie schätzte den Zusammenhalt sehr. Sie wusste nicht, was sie in Dortmund erwarten würde, oft stellte sie sich die Frage, ob die Familie von Heinz, sie da auch so sehr unterstützen würde.

Somit blieben sie in Rabenstein!

1961 Mauerbau

Der Bau der Berliner Mauer, als letzte Aktion der Teilung der
durch die Nachkriegsordnung der Alliierten entstandenen Viersektorenstadt Berlin, war Bestandteil und zugleich markantes Symbol des Konflikts im Kalten Krieg zwischen den von den
Vereinigten Staaten dominierten Westmächten und dem sogenannten Ostblock unter Führung der Sowjetunion.
Durch einen Beschluss der politischen Führung der Sowjetunion Anfang August 1961 und mit einer wenige Tage später ergehenden Weisung der DDR-Regierung errichtet, ergänzte die Berliner Mauer die 1378 Kilometer
lange innerdeutsche Grenze zwischen der DDR und der Bundesrepublik Deutschland, die bereits mehr als neun Jahre vorher „befestigt" worden war, um den Flüchtlingsstrom zu stoppen.

Dieser Tag war für Liesels Schwiegersohn Heinz
ein harter Schlag. Bisher konnte er seine Familie in
Dortmund regelmäßig in großen Abständen besuchen.
Seine Mutter und seine Geschwister lebten alle in
Westfalen. Er wusste, dass er sie nun eine sehr lange
Zeit nicht mehr sehen wird. Seit Heinz den Entschluss

gefasst hatte, dass er bei
seiner kleinen Familie in
Rabenstein bleibt,
unterstützte ihn seine
Familie oft mit
Paketsendungen. Sie
schickten guten Kaffee,
Schokolade, die
verschiedensten

Lebensmittel und auch viele Kleidungsstücke für die
Kinder und für die Erwachsenen. Heinz fühlte sich in
seiner neuen Familie sehr wohl. Er liebte das enge
Familienleben und schätzte, dass einer für den anderen

da war. Dazu hatte er ein viel zu hohes Verantwortungsbewusstsein und hätte seine kleine Familie niemals allein gelassen. Und dennoch, dass er ab sofort, seine eigene Familie nicht mehr besuchen und nicht mehr in seine Heimat reisen konnte, machte ihn sehr, sehr traurig.

Auch Chemnitz und sein Umland erlebte Anfang der 60 er Jahre einen Aufschwung, zwar ging er nicht so schnell voran als im Westteil von Deutschland, aber es veränderte sich sehr viel. In der Stadtmitte von Chemnitz entstand neu gebaute Häuser, in den untersten Etagen fanden alt eingesessene Geschäfte ein neues Domizil. So entstand ein beliebtes Einkaufszentrum auf sowie der Reitbahnstraße. Ob es der Farben Merz, der Zigarren Bliedung oder die DDR-Variante eines Baumarktes, der Schlauch war, der alles für den kleinen Heimwerker angeboten hatte.

Liesels Tochter Petra ging ab 1963 in eine erweiterte Oberschule. Sie wollte unbedingt ihr Abitur machen und Lehrerin werden. Mit ihren sehr guten Notendurchschnitt war dieser Weg für sie ein Kinderspiel. Dafür musste sie täglich mit dem Bus und mit der Straßenbahn 45 Minuten pro Fahrt nach Chemnitz und zurück in Kauf nehmen. Das machte Petra nichts aus, immer ihr Ziel Kinder unterrichten zu dürfen, gab ihr den nötigen Antrieb dazu. Die Familie gab ihr dazu alle nötige Unterstützung, die sie brauchte.

Liesels erstes Enkelkind Gabriele besuchte zusammen mit ihrer dritten Tochter Helga und ihren zweiten Enkelkind Tony halbtags den Kindergarten. Das war jeden Morgen eine Aufregung, sagt Liesel, die drei Kinder anzuziehen und in die Einrichtung zubringen. Ihre Tochter Erna hatte schon um sechs Uhr mit ihrer Arbeit in der Strickerei begonnen. Ihr Schwiegersohn begann schon gegen fünf Uhr mit seiner Arbeit bei einem Gemüsegroßhändler.

Nachdem Liesel die Kinder verschafft hatte, gönnte sie sich mit ihrer Mutter Hilde zusammen erst einmal in aller

Ruhe einen Kaffee, die beiden Frauen besprachen dabei den Tagesablauf und den bevorstehenden Speiseplan.

Liesel erinnerte sich oft an ihre Worte damals:
„So gern wie wir alle unsere Kinder und Enkelkinder hatten, doch die Ruhe, die an diesen Vormittagen im Haus herrschte, war unbezahlbar!"

Gabriele,
damals gerade
fünf Jahre alt,
war ein sehr
ruhiges Kind,
welches sich
oft ganz allein
zurückzog. Sie

beschäftigte sich oft ganz allein mit ihrem Kaufladen und träumte vor sich hin.

Helga hingegen, damals vier Jahre alt, hatte sich zu einem sehr aufgeweckten Kind entwickelt. Immer wollte sie im Mittelpunkt stehen. Helga konnte sich mit nichts länger beschäftigen. Oft erinnerte sie Liesel an ihre erste Tochter Erna. Auch sie war in dem Alter so, immer wollte sie erneut

Aufmerksamkeit und lies sich dafür auch immer etwas Neues einfallen. Sie hatte es raus, ihren Vater Rudolf, um den Finger zu wickeln, für sie verzichtete er oft auf seine abendliche Nachrichtensendung im Fernsehen. Wenn sie keiner beachtete, nahm sie sich oft Tonys Auto, welches er an Weihnachten geschenkt bekam und fuhr damit im Garten gegen die Bäume. Dann hatte Helga ihre Aufmerksamkeit, es gab mächtig Ärger mit ihrer Mutter.

Das ganze Gegenteil von den zwei Mädchen war Liesels zweiter Enkelsohn Tony, damals ebenfalls vier Jahre alt. Er war immer aktiv und sehr hilfsbereit. Tony wollte ständig seiner Oma Liesel und seiner Uroma Hilde etwas mithelfen. Er half unaufgefordert den Abwasch abzutrocknen, holte mit seinem kleinen Kindereimer Kohlen und Holz für den Küchenofen aus dem Keller, oder bettelte, dass er etwas einkaufen gehen darf. Von ganz allein begann er an den Samstagen für die gesamte Hausgemeinschaft beim Bäcker, der zwei Straßen weiter war, die Brötchen zu holen. Die Leute hingen am Vorabend den Einkaufsbeutel oder das Einkaufsnetz an ihre Wohnungstür und am nächsten Morgen, als sie aufgestanden waren, hingen die frischen Brötchen an ihren Wohnungstüren.

Bildnachweis © SLUB Dresden / Deutsche Fotothek / Fotograf Manfred Uhlenhut

Tony verbrachte seine gesamte Kindheit mit seiner Oma Liesel und mit seiner Uroma Hilde. Er nannte Liesel immer liebevoll „**Strickliesel**".

Zu seiner Mutter Erna hatte er so gut wie keinen Bezug. Wenn sie zu ihm etwas sagte, machte er seine Ohren zu. Ihre Worte interessierten ihn nicht. Nur zu seinem Vater hatte er eine sehr gute Beziehung. Er war immer ganz stolz, wenn er mit ihm auf den Fußballplatz zur SG Handwerk nach Altendorf fahren durfte. Tony liebte es, seinen Vater beim Fußball spielen zu sehen. Ganz stolz trug er danach Papas Fußballschuhe nach Hause, egal ob sie gewonnen oder verloren hatten. Da ja sein Vater Heinz ein gebürtiger Westfale war, träumte Tony immer davon, dass er selbst einmal bei dem bekannten Fußballverein in Dortmund spielen dürfte.

Tony liebte ebenso seinen Großvater Rudolf, oft nahm er ihn auf seinen großen Lastkraftwagen, so wie damals in den 40ern seine Mutter Erna, mit. Wie ein großer starker

Mann fühlte sich Tony, wenn bei der Anlieferung der Brennstoffe bei den Kunden einmal eine Kohle runterfiel und er sie aufheben und in deren Keller tragen durfte. Wenn man Tony mal suchte, musste man nicht weit gehen, dann war er beim benachbarten Landwirt, bei dem schon damals Liesel und ihr Bruder Erwin oft mitgeholfen hatten.

Liesel sagte lächelnd!

„Tony war dem Landwirt bereits als Vierjähriger eine sehr große Hilfe!"

Umso älter Tony wurde, umso mehr erinnerte er seine Uroma Hilde an ihren vermissten Sohn Erwin. Die Ähnlichkeit zu ihm machten auch Liesel oft sehr nachdenklich.

Zum Weihnachtsfest 1964 verkündete ihre Tochter
Erna, dass sie zum dritten Mal schwanger sei.

Die Familie reagierte nicht ohne Grund etwas skeptisch
auf diese freudige Mitteilung. Bisher kümmerten sich
Hilde und Liesel hauptsächlich um Ernas Kinder, sie
selbst war in Vollzeit berufstätig und musste auch an
den Samstagen bis mittags arbeiten gehen. Ihre Wäsche
und die Mahlzeiten für ihre Familie übernahmen bisher
auch überwiegend ihre Mutter und ihre Großmutter. Die

Einschulung von Liesels Tochter Helga und ihren zwei Enkelkindern Gabriele und Tony standen dazu bevor.

Liesels Meinung war damals dazu:
„Ich werde Ernas Reaktion auf meine Antwort, die mir damals einfach so rausgerutscht waren, nie vergessen. An diesem Weihnachtsfest zeigte Erna, dass sie starrköpfig wie schon immer war.
Ich sagte nur, bitte verlange nicht, dass wir auch dieses Kind noch großziehen müssen."

Damit war das Weihnachtsfest gelaufen, Erna nahm ihre Kinder und ging in ihre Wohnung eine Etage tiefer. Von diesem Tag an sprach sie fast ein halbes Jahr lang nicht mehr mit ihrer Mutter. Es war für alle eine sehr schwierige Zeit. Bisher kannte die gesamte Familie, diese Art von Streitigkeiten nicht. Liesel versuchte sich, für ihr Fehlverhalten bei ihrer Tochter zu entschuldigen, doch Erna interessierte das nicht.

Hilde und Liesel wussten, wenn vier Generationen eng zusammenleben, dass es nicht immer nur Sonnenschein gibt, aber dass die eigene Tochter nicht mit ihrer Mutter spricht, das war allen unerklärlich. Ihr Mann Heinz stand mittendrin. Die Kinder Gabriele und Tony hielten sich weiterhin meist bei ihrer Oma auf, zu gern verbrachten sie auch die Nacht bei ihrer Uroma Hilde.

Im Mai 1964 näherte sich Erna dann wieder behutsam ihrer Familie an, für ihr Verhalten hat sie sich nie entschuldigt.

1965 * Liesels drittes Enkelkind

Im Juni 1965 wurde Liesels
drittes Enkelkind Rainer geboren.

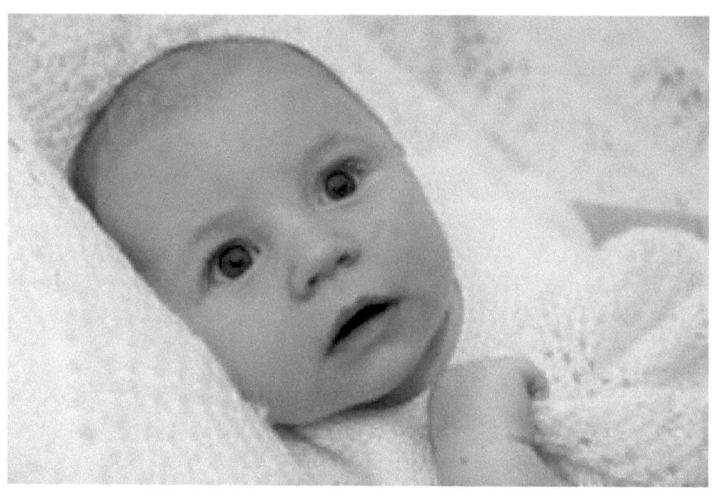

Die Wohnverhältnisse bei Erna und Heinz erwiesen sich
in kürzester Zeit für zu klein mit drei Kindern. Von da an
schlief Tony freiwillig nun immer bei seiner Uroma Hilde.
Er fühlte sich zu sehr zu ihr hingezogen. Seine Urgroßmutter Hilde war für ihn sein Ein und Alles.

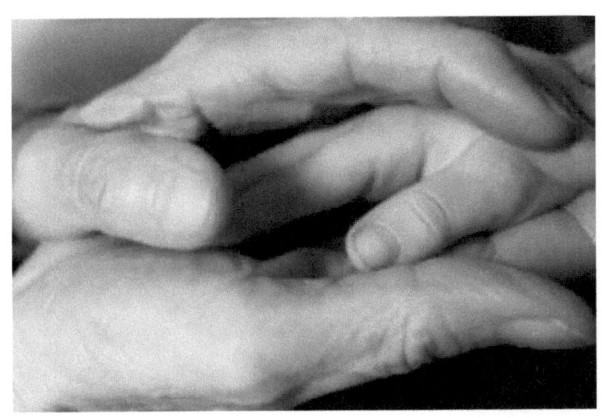

Tony liebte es, wenn Hilde ihm am Abend seine kleinen Hände hielt und ihm im Bett aus den Kinderbüchern vorlas.

Seine liebsten Bücher waren das über die lustigen Streiche des Pitti-Platsch, ihn kannte Tony schon aus den Kindersendungen, die er regelmäßig im Fernsehen sah und das Kinderbuch von Teddy Puschelohrs Abenteuer.

(Diese zwei Kinderbücher sind heute noch in unseren Besitz)

Tony lauschte seiner Urgroßmutter aufmerksam zu, wenn sie ihm vorlas. Wenn er nicht dabei eingeschlafen war, sangen sie am Ende der Lesestunde, meist noch ein Lied aus dem Buch von Pitti-Platsch. Tony liebte das Kinderlied über das Bügeleisen.

Von seiner Mutter Erna

konnte er so etwas leider nicht erwarten.

1965 Einschulung ihrer Enkeltochter Gabriele

Gabriele war auch zu ih-
rer Einschulung 1965
noch ein kleiner Träu-
mer. Sie verhielt sich
sehr zurückhaltend und
beobachtete das Ge-
schehen um sich herum.
Selten äußerte sie sich
zu den Dingen, die pas-

sierten. Die ihr gestellten Aufgaben erfüllte sie immer

zur Zufriedenheit. Oft wirkte sie in sich gekehrt. Nur

wenn sie mit ihrer Kindergartenfreundin Simone zusam-

men war, dann konnte sie richtig Kind sein. Gabriele war

sehr froh, dass sie zusammen mit Simone auf einer

Schulbank sitzen konnte. Wenn Gabriele am Nachmittag ihre Schulaufgaben erledigte, hatte Tony oft schneller die richtige Antwort als seine Tante.

1966 Einschulung von Helga und Tony

Bildnachweis © SLUB Dresden / Deutsche Fotothek / Fotograf Manfred Uhlenhut

Bildnachweis © SLUB Dresden / Deutsche Fotothek / Fotograf Arthur Krause

Helga und Tony waren ein gutes Team. Jeder der sie kannte, glaubte sie sind Geschwister. Sie wurden zusammen 1966 in die Rabensteiner Schule eingeschult. Da Helga ein Mädchen war, welches immer die Aufmerksamkeit auf sich ziehen musste, fühlte sich Tony für sie verantwortlich und spielte oft ihren Aufpasser. Sie hatte die Gabe, sich selbst oft zum Klassenkasper zu machen. Tony ermahnte sie dann des Öfteren. Es gab Tage, da gingen die Diskussionen über Helgas Verhalten zwischen den beiden, oft noch zu Hause weiter. Helgas schulische Leistungen waren sehr gut. Sie lernte schnell und erledigte ihre Aufgaben manches Mal zuverlässig.

Tony selbst, tat so in der Schule, als wüsste er schon alles. Oft langweilte er sich, wenn die anderen Kinder Schreiben und Lesen lernten. Er hatte ja schon für seine Tante Gabriele ein Jahr vor seiner Einschulung die Schulaufgaben perfekt gelöst. Sein Großvater Rudolf ermahnte Tony oft, wenn er glaubte, er muss nichts mehr lernen. Nach einem halben Jahr hatte dann Tony begriffen, dass es nicht reicht, ein paar Zahlen und ein paar Buchstaben zu kennen. Er konzentrierte sich auf den Unterricht und lernte mit Eifer. Auch seine eigenen

Schulaufgaben erledigte er stets zuverlässig. Dazu übernahm er oft auch Helgas Aufgaben, da sie meist keine Lust dazu hatte.

1967 begann Tochter Petra ihr Studium

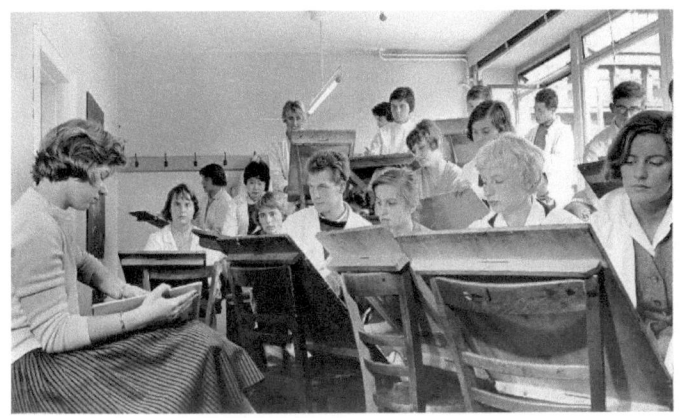

Bildnachweis © SLUB Dresden / Deutsche Fotothek / Fotograf Germina

Im Herbst 1967 begann Liesels Tochter Petra ihr Studium an der TU Dresden. Sie wohnte von nun an in einem Studentenwohnheim und kam nur an den Wochenenden in ihr Elternhaus zurück.

Bildnachweis © SLUB Dresden / Deutsche Fotothek / Fotograf Peter Richard jun.

Petra war eine sehr aufgeschlossene junge Frau, sie konnte sich dem Großstadtleben sofort anpassen. Sie ging auf andere Leute völlig unkompliziert zu und lernte dadurch schnell viele Freunde kennen.

Petra war von der Stadt Dresden sehr begeistert. Oft sah sie sich sehr nachdenklich die Ruine der Frauenkirche an.

Bildnachweis © SLUB Dresden / Deutsche Fotothek / Fotograf Manfred Thonig

Sie stand da und dachte daran, dass ihre Großmutter Hilde, ihre Mutter Liesel, ihr Vater Rudolf und ihre Schwester Erna diese menschenverachtenden Jahre des Zweiten Weltkrieges miterleben mussten. Sie stellte sich vor, wie ihre Familie zusammen mit Tausenden anderen Trümmerfrauen, mit ihren Händen, ihre Städte wiederaufgebaut haben.

Bildnachweis © SLUB Dresden / Deutsche Fotothek / Fotograf unbekannt

Meist lief ihr dann ein eiskalter Schauer über ihren Rücken.

1969 Rudolfs schwere Erkrankung

Alles begann im Januar 1969 mit dem Verdacht auf eine schlimme Erkältung. Rudolf hustete ununterbrochen, dazu bekam er hohes Fieber. Nachdem auch nach zwei Wochen noch keine Besserung eintrat, schickte ihn sein Arzt zum Röntgen. Was Rudolf bis dahin verheimlichte, er spuckte dazu Blut.

Die Diagnose war für die Familie niederschmetternd. Rudolf war wie Liesels Großvater Fritz damals 1921 an Tuberkulose erkrankt.

Die vielen Kriegsjahre, die anstrengenden Nachkriegsjahre und 25 Jahre schwere körperliche Arbeit im Kohlehandel, hatten ihre Spuren hinterlassen. Rudolf kam auf eine Isolierstation im Rabensteiner Krankenhaus, nach vier Wochen Aufenthalt kam er für zwölf Wochen in die Lungenheilanstalt nach Borna, welche als Walderholungsstätte zur Bekämpfung der Schwindsucht in Chemnitz und Umgebung gegründet wurde. Auch Liesels

Großvater war 1921 in dieser Lungenheilanstalt, er verstarb leider an dieser schweren Krankheit. Die Sorge um Rudolf ließ die Familie noch enger zusammenrücken. Jeden Mittwoch und jeden Sonntag fuhr Liesel zu den Besuchszeiten mit ihrem Enkelsohn Tony zu Opa Rudolf, er wollte unbedingt immer mit. Rudolfs Zustand hatte sich sehr gebessert, die damaligen Behandlungsmöglichkeiten waren für Tuberkulose - Patienten sehr fortgeschritten. Nach zwölf Wochen wurde Rudolf als geheilt nach Hause entlassen. Arbeiten durfte er nicht mehr, er wurde mit dreiundfünfzig Jahren in Frührente geschickt.

Damit gab es für Liesels Familie wieder viele Veränderungen. Das Einkommen der Familie halbierte sich. Somit begann Liesel, noch mehr für die Handschuhfabrik in Heimarbeit zu arbeiten. Nun waren sie sehr froh, dass sie etwas gespart hatten für schlechtere Zeiten und dass sie für wenig Miete immer noch in ihrer alten Wohnung wohnten.

Bildnachweis © SLUB Dresden / Deutsche Fotothek / Fotograf Erich Meinhold

Liesels zweite Tochter Petra absolvierte in dieser Zeit gerade ihr zweites Jahr als Studentin in Dresden. Sie kam ihrem Wunsch Kinder zu unterrichten immer näher. Rudolf war so stolz auf seine Tochter. Nachdem er nicht mehr arbeiten gehen konnte und weniger Geld verdiente, suchte sich Petra in Dresden einen Nebenjob. Sie wollte nicht, dass ihre Eltern sie weiterhin finanziell unterstützen müssen. Nun ging sie an den Wochenenden zum Kellnern und konnte daraufhin nicht mehr so nach Hause zu ihrer Familie fahren.

Petra sagte damals:

„Das ist so in Ordnung!"

Rudolfs und Liesels Nachzügler Helga besuchte gerade die dritte Klasse der Volksschule. Mit ihr gab es keine schulischen Probleme, ihr Verhalten in der Schule, hatte sich ein wenig gebessert. Sie störte mit ihren Einlagen nicht mehr so oft den Unterricht. Ihre Schulnoten waren in einem guten Durchschnitt. Liesels Enkeltochter Gabriele hatte ihre schwer zugängliche und verschlossene Art beibehalten. Sie war die ruhigste in der ganzen Familie.

Ihr Enkelsohn Tony war ebenfalls ein guter und aufge-
schlossener Schüler geworden. Er hatte seine freundliche
und hilfsbereite Art nie verloren. Egal was passierte,
Tony musste immer lächeln. Die Mädchen in seiner
Klasse liebten ihn alle.

Auch die Jungen aus seiner Klasse verbrachten zu gern
mit Tony ihre Freizeit. Er war für jeden Streich zu haben.
Tony erinnert sich an einen Jungenstreich, den er

zusammen mit zwei Schulkameraden in der benachbarten Fleischerei gemacht hat. Die drei Jungen, damals im Alter von elf Jahren, stiegen auf das Garagendach des Inhabers und angelten sich mit einem Stock, die leckeren Würste, durch die Gitterstäbe, des geöffneten Fensters der Räucherkammer. Tony sagt, er habe noch nie wieder so leckere Wurst gegessen. Was die Jungen leider nicht bemerkt hatten, dass der Fleischermeister still und leise zugesehen hatte. Er kannte sie alle drei und hatte damit ein leichtes Spiel sie zu bestrafen. Die „Diebe" mussten jeweils für zwei Wochen, regelmäßig täglich eine Stunde das Kühlhaus putzen. Die Jungs haben schön brav ihre Strafarbeit abgearbeitet und der Fleischermeister, hatte den Eltern kein Wort verraten.

Liesels 70er Jahre

Auch in Karl – Marx – Stadt entstanden weiterhin viele neue Wohnungen. In diesen Häusern fanden auch Groß-familien modernen Wohnraum mit eingebautem Bad, einen Balkon und Zentralheizung.

Bildnachweis © CHEMNITZGESCHICHTE.DE

Liesels Tochter Petra hatte ihr Studium erfolgreich beendet. Ab sofort durfte sie als Lehrerin die Kinder in Kunst und Sport unterrichten. Sie nahm eine Stelle in Chemnitz an einer polytechnischen Oberschule an.

Zusammen mit ihrem Freund Peter, ebenfalls von Beruf Lehrer, den sie während des Studiums kennenlernte, mietete sie sich eine kleine Wohnung in der Innenstadt von Chemnitz an.

Bild – und Textnachweis © CHEMNITZGESCHICHTE.DE

Das Sporthochhaus an der Theaterstraße früher Wilhelm - Pieck - Straße gelangte durch das Ladengeschäft im Erdgeschoss und im 1. Obergeschoss zu seinem Namen. Dort wurden zu DDR - Zeiten jede Art von Sportbekleidung sowie Sportequipment verkauft. In den obersten Etagen entstanden moderne Wohnungen.

Ihre Tochter Erna war wie schon immer das Sorgenkind der Familie. Auch als sie nun drei eigene Kinder hatte, verlor sie ihren Hochmut nicht. Viele ihrer Arbeitskolleginnen hatten noch keine Kinder oder kamen aus gut betuchten Familien. Erna wollte sich immer mit anderen messen, die mehr besaßen als sie selbst. So auch mit ihrer jüngeren Schwester Petra.

Anfang 1971 musste sie unbedingt ihren Willen durchsetzen und in eine moderne Wohnung, die zur damaligen Zeit, viel Luxus zu bieten hatte ziehen. Ihre altmodischen Wohnverhältnissen, in der sie mit ihrer Familie wohnte genügten ihr nicht mehr. Sie sehnte sich nach etwas Moderneren.

Dazu wollte Erna unbedingt so wie viele andere Leute ein eigenes Auto.

Sie kauften sich einen gebrauchten Wartburg Kombi. Wenn ihre Familie am Wochenende mit dem Auto Ausflüge machte, saß Erna voller Stolz auf dem Beifahrersitz.

 Heinz kam allen ihren Wünschen nach, immer in der Hoffnung, Erna würde es irgendwann einmal schaffen, ihren Haushalt ganz allein führen zu können und ihre drei Kinder dazu ohne Hilfe ihrer Großmutter und ihrer Mutter erziehen zu können. Sie zogen mit ihren drei Kindern nach Chemnitz in eine Wohnung mit Zentralheizung, warm Wasser aus der Wand und Balkon.

Durch den Bau der modernen Zentralhaltestelle im Stadtkern von Chemnitz im Jahre 1968 entstand ein wichtiger Knotenpunkt für alle Busse und Straßenbahnen. Somit war es für Erna und Heinz einfach, mit öffentlichen Verkehrsmitteln zu einem geringen Preis ihre Arbeitsstellen täglich zu erreichen.

Liesel sagte damals nur dazu:

„Rudolf, Hilde und ich, sahen diesen Veränderungen sehr skeptisch entgegen."

Der Umzug in eine völlig andere Umgebung war für die Kinder nicht gut. Sie wurden aus ihrem gewohnten Umfeld gerissen. Sie mussten eine neue Schule besuchen, alle ihre Freunde waren weg. Dazu waren die Kinder täglich nach der Schule auf sich selbst gestellt. Man nannte diese Kinder damals **Schlüsselkinder.**

Die älteste Tochter Gabriele war zu dieser Zeit gerade zwölf Jahre alt und besuchte bisher die Mittelschule in Rabenstein. Sie sah damals einen Reiz darin, in einer Großstadt zu wohnen. Ihre Schulnoten waren eher der Durchschnitt und verschlechterten sich im Laufe der kommenden Monate.

Tony war damals gerade elf Jahre alt, er fühlte sich in dieser Neubausiedlung wie eingesperrt. Dazu kam, dass sich das Verhältnis, zu seiner Mutter eher verschlechtert hatte. Er begann zu machen, was er wollte. Seine guten Schulnoten gehörten der Vergangenheit an. Er ließ sich das Leben bei seiner Oma und bei seiner geliebten Ur-oma in Rabenstein nicht nehmen. Sobald er Ferien hatte oder an den Wochenenden kam er mit der Straßenbahn und mit dem Bus nach Rabenstein in seine alte Heimat. Half dem benachbarten Landwirt, oft bis spät in die Nacht. Wenn sie mit ihrem Handwagen in die Hand-schuhfabrik fuhr, unterstützte sie Tony. Überall half er, wo er konnte. Bei ihnen fühlte er sich wohl und konnte so sein, wie er sein wollte. Später als er älter wurde, kam er regelmäßig mit seinem Fahrrad, welches ihm Opa Rudolf vor einigen Jahren schenkte, die weite Strecke nach Rabenstein. An den Wochenenden und in den Schulferien übernachtete Tony bei seiner Uroma Hilde.

Sein jüngerer Bruder Rainer, damals gerade fünf Jahre alt, besuchte ganztags einen Kindergarten. Er kam mit der veränderten Wohnsituation am besten klar und lebte sich schnell ein.

Erna hatte sich ihr Leben in der neuen und modernen Wohnung etwas anders vorgestellt, sie hatte die viele Arbeit mit den Kindern und ihren Haushalt unterschätzt. Sie zeigte schnell erste Anzeichen von Überforderung. Oft gab es mit ihrem Mann Heinz Streitigkeiten. Dazu reagierte sie gegenüber ihren Kindern schnell gereizt. Heinz hatte damals so sehr gehofft, Erna schafft es ihren Haushalt allein führen zu können und dazu, so wie fast alle Frauen auch täglich zur Arbeit gehen zu können.

Doch sie hatte ihn enttäuscht. Die Ehe schwankte viele Monate hin und her. Erna hatte es nicht geschafft, ihren Kindern und ihrem Mann einen geregelten Tagesrhythmus zu bieten.

Liesel sagte nur dazu:

„Es kam wie Rudolf, Oma Hilde und ich es anfangs befürchteten.

Wenn sie zur Arbeit war, kochten und putzte ich für unsere Enkelkinder, nebenher arbeitete ich die anfallende

Wäsche der fünfköpfigen Familie ab. Dazu übernahm Ernas Mann am Wochenende das Kochen für die Familie und gab dafür sein Hobby, das Fußballspielen auf.

Leider sah Erna meine aufopferungsvolle Unterstützung
nach kurzer Zeit als ganz normal an und lies es zur Gewohnheit werden, dass ich ihr den Haushalt führte, auch
die schulischen Leistungen ihrer Kinder ließen immer
mehr zu wünschen übrig. Es kam so weit, dass Erna ihre
wenige Freizeit lieber mit ein paar Freundinnen in der Innenstadt von Chemnitz verbrachte. Schaute sich Schau-
fenster an und trank gemütlich Kaffee.

Bildnachweis © SLUB Dresden /
Deutsche Fotothek / Fotograf Manfred
Uhlenhut

1973 war Ernas Ehe nicht mehr zu retten, Heinz zog in
eine kleine Wohnung. Alle Bemühungen waren
vergebens.

Rudolf, Hilde und ich, wir haben uns in endlosen Nächten oft über Erna Gedanken gemacht. Wir hatten uns gefragt, was wir in ihrer Erziehung falsch gemacht haben. War es die schwere Zeit, damals 1940 in die sie hineingeboren wurde? War sie durch die vielen Nächte im Luftschutzbunker und die vielen Tage in verdunkelnden Zimmern traumatisiert? Haben wir sie daraufhin zu sehr verwöhnt? Fragen über Fragen, eine Antwort darauf haben wir nie gefunden."

Ein Jahr später zog Ernas Mann Heinz wieder bei seiner Familie ein. Erna bedauerte ihr Verhalten sehr und strengte sich an, eine gute Ehefrau, Hausfrau und Mutter zu sein. Erna hatte mittlerweile in der Handschuhfabrik gekündigt und deine Stelle im Spinnereimaschinenbau in Altchemnitz als Küchenhilfe angenommen. Zu dieser Zeit wurden die Arbeiter in einer firmeneigenen Großküche mit einem warmen Essen versorgt. Sie musste da weniger Stunden für das gleiche

Geld arbeiten und hatte somit mehr Zeit für ihre Familie. Für ihre Tochter Gabriele kam dieser Wandel leider zu spät. Sie begann eine Berufsausbildung zur Verkäuferin in Leipzig und wohnte von da an in einem Wohnheim. Auch an den Wochenenden kam sie nur noch sehr selten zu ihrer Familie. Sie lebte von da an, ihr eigenes Leben. Auch Gabriele kam mit ihrer Mutter so wie Tony nicht klar.

Tony verbrachte nach wie vor auch seine Jugendzeit meist in Rabenstein bei seiner Uroma Hilde, Opa Rudolf und Oma Liesel. Sie waren Tonys Familie. Er hatte vor nach seinem Hauptschulabschluss den Beruf eines Schlossers zu erlernen.

Das jüngste Kind der Familie, Rainer ging noch zur Schule.

1974 * Liesels viertes Enkelkind

Im Januar 1974 wurde Liesels viertes Enkelkind

Anne geboren.

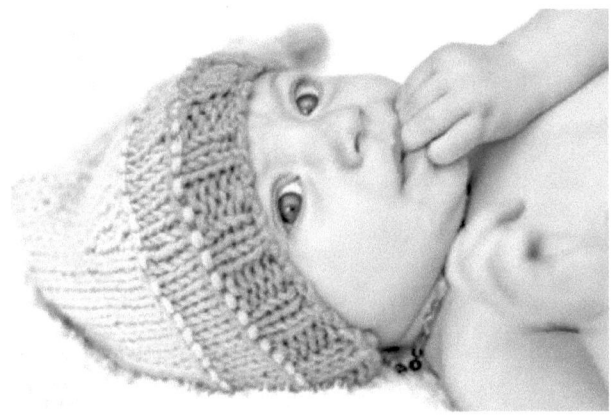

Wieder wurde die Familie mit einem Sonnenschein

beschenkt. Anne war wie ihre Mutter Petra ein ganz

liebes und braves Baby.

1974 ∞ Hochzeit von Tochter Petra

Im Juli 1974 heiratete Liesels Tochter Petra ihren Peter.

Die Hochzeit fand nur im kleinen Familienkreis statt, da es zu dieser Zeit schon viele Familienstreitigkeiten mit Liesels Tochter Erna gab. Sie konnte einfach nicht damit klarkommen, dass ihre Schwester Petra ein schöneres Leben führen konnte als sie selbst. Zu dieser Zeit sprach Erna schon fast ein Jahr nicht mehr mit ihrer Schwester.

Im August 1974 erkrankte Liesels Mutter schwer. Sie aß wie damals 1956 immer weniger, nach jedem Essen krümmte sie sich vor Schmerzen. Man konnte zusehen, wie Liesels Mutter Hilde immer schwächer und weniger wurde. Nachdem sie daraufhin in das Rabensteiner Krankenhaus eingeliefert wurde, bekam sie die traurige

Diagnose Magenkrebs.

Die Ärzte konnten Hilde nicht auf Dauer helfen. In den 70er Jahren war die Medizin leider noch nicht so weit wie heute.

Man bot Liesel an, ihre Mutter in ein Pflegeheim nach Chemnitz, zu bringen. Diese Pflegeheime waren in der ehemaligen DDR, in den 70er Jahren bei weitem nicht so ausgestattet, wie man es heute kennt. Meist waren es kirchliche Einrichtungen. Die wenigen staatlichen Pflegeheime und die damit verbundene Altenhilfe wurden ausschließlich von Krankenschwestern betreut. Ambulante Pflegedienste gab es überhaupt nicht.

Als man Liesel im Krankenhaus diesen Vorschlag machte, stand sie wutentbrannt auf und sagte in einem bestimmenden Ton:

„Das kommt überhaupt nicht in Frage,

meine Mutter kommt zu mir nach Hause!

Ich versorge meine Mutter selbst!"

Und so kam es auch, Hilde wurde nach drei Wochen Krankenhausaufenthalt nach Hause entlassen. Liesel hatte sich darauf eingestellt, dass sie am Tag nur für ihre Mutter da war. Sie kochte für sie Haferflockenbrei, Karottenbrei, reichte ihr kleine Mengen Zwieback in Kamillentee eingeweicht. Dazu bekam Hilde regelmäßig Traubenzucker in ihren Tee. Manchmal verlangte sie, eine gedrückte Kartoffel. Liesel erfüllte ihr jeden Wunsch. In den ersten Wochen erholte Hilde sich etwas, sie hatte wieder so viel Kraft, um aus dem Bett aufzustehen und mit Liesels Hilfe in ihre Wohnung, zu Rudolf und Helga zu gehen. Sie liebte es, in Liesels Wohnzimmer zu sitzen, um mit der Familie das Fernsehprogramm zu verfolgen. Wenn am Samstagabend die Sendung - Ein Kessel Buntes – ausgestrahlt wurde, war Hilde völlig begeistert von den vielen großartigen Darbietungen der Künstler.

Rudolf hatte extra für seine Schwiegermutter seinen schwarz-weiß Fernseher gegen einen modernen und sehr teuren Buntfernseher eingetauscht.

 Liesels Tochter Petra kam sehr oft mit ihrer kleinen Tochter Anne zu Besuch. Hilde war sehr stolz auf ihr viertes Urenkelkind.

Liesel hatte ihren Tagesrhythmus so eingeteilt, dass sie so wie früher, nur noch nachts ihre reguläre Arbeit an ihrer Strickmaschine erledigte. Der Tag gehörte ihrer Mutter Hilde und dem Haushalt.

Liesels Enkelsohn Tony war damals im ersten Lehrjahr, er hatte gerade eine Ausbildung zum Betriebsschlosser im Reichsbahnausbesserungswerk - RAW Chemnitz begonnen, sobald er Zeit hatte, fuhr er nach Rabenstein zu seinen Großeltern und zu seiner Uroma Hilde. Er trug dann für die kommenden Tage die Kohlen und das Brennholz in die Wohnungen, damit Liesel es leichter hatte. Er erledigte die gesamten Einkäufe und putzte das Treppenhaus.

Tony tat es immer so weh, wenn er wieder gehen musste, oft dachte er, es wäre das letzte Mal gewesen, dass er seine Uroma Hilde sah. Ihr Allgemeinzustand schwankte sehr.

Liesels Tochter Helga begann im September 1974 nach ihrem erfolgreichen Abschluss der polytechnischen Oberschule (heute mittlere Reife) eine Ausbildung zur kaufmännischen Angestellten im Centrum – Warenhaus Tietz in Chemnitz.

Der Name Tietz ist in der Region Chemnitz mit einem legendären Image verbunden. Er geht auf das 1903 gegründete Warenhaus H. & C. Tietz zurück und reflektiert über 100 Jahre Stadtgeschichte. Selbst nach der Pogromnacht 1938, den Kriegszerstörungen 1945

und ab den 60er Jahren als das Haus unter den Namen HO Zentrum, Centrum Warenhaus und Kaufhof firmierte, benutzten die Menschen weiterhin den Namen Tietz für das prachtvolle Gebäude.

Das Tietz wurde bereits zu seiner Eröffnung als ein Haus der Superlative beschrieben. Mit der Einweihung am 23. Oktober 1913 eroberte das Warenhaus H. & C. Tietz als größtes und vornehmstes Geschäftshaus Sachsens die Herzen der Chemnitzer.

Als es nach einer ersten, fast fünfjährigen Sanierung am 28. März 1963, als das modernste Warenhaus der DDR eingeweiht wurde, strömten am ersten Tag 37000 Kunden in das Bauwerk.

Nach der Sanierung ist das Bauwerk weitestgehend entsprechend der originalen neoklassizistischen Fassadengestaltung an der Moritz-, Wiesen- und Bahnhofstraße wieder entstanden.

Rudolf gewöhnte sich an sein Leben als Frührentner nie.

Immer häufiger ging er zum benachbarten Landwirt und packte, so wie es seine Gesundheit zugelassen hatte einfach mit an. Ihm ging es nicht darum etwas dazu zuverdienen, ihm war es wichtig, dass er eine Beschäftigung hatte.

Hilde erging es ab Mai 1975 immer schlechter, aller zwei Tage kam ihr Arzt zum Hausbesuch. Sie konnte zu dieser Zeit keinen Bissen mehr essen. Hilde kochte für sie Grießbrei oder eine dünne Puddingsuppe. Doch mehr als ein – zwei Löffel bekam sie nie runter.

Die Familie hatte keine Chance, sie mussten alle zusehen, wie Hilde verhungerte. Am 03. November kam Liesel früh wie gewohnt gegen 06:00 Uhr zu ihrer Mutter ins Schlafzimmer und hatte vor sie so wie die letzten Monate im Bett zu waschen.

Liesel bemerkte, dass Hilde ganz schlecht Luft bekam. Sie war kurzatmig und sehr unruhig. Liesel informierte sofort Rudolf, dass er nach unten in das Lebensmittelgeschäft laufen solle, um einen Arzt zu rufen.

Nach gefühlten dreißig Minuten traf ein Rettungswagen mit einem Arzt ein. Sie sahen sich Hilde an und untersuchten sie. Leider mussten sie Liesel mitteilen, dass ihre Mutter Hilde in den nächsten Stunden versterben wird. Ihr Herz war zu schwach, ihre Organe hatten schon zum Teil aufgehört zu arbeiten.

Liesel war zu diesem Zeitpunkt sehr gefasst. Sie wich keine Sekunde von der Seite ihrer Mutter. Sie befeuchtete ihre Lippen mit einem Lappen und versuchte ihr Ruhe zu schenken. Hilde kämpfte einen schweren Kampf. Nachdem sie versuchte, ihren Oberkörper nach oben zu richten, nahm Liesel sie in ihre Arme. Hilde flüsterte mit sehr viel Anstrengung ständig

„Tony". Liesel hatte damals keine Chance Tony zu erreichen. Wie durch ein Wunder kam er an diesem Tag zwei Stunden früher nach Rabenstein. Er hörte seine Uroma stöhnen und ging sofort mit zitternden Beinen zu ihr. Tony nahm ihre Hand und versuchte sie mit den Worten:

„Ich bin bei dir Oma",

zu beruhigen, Liesel musste ihm nichts sagen, er wusste, es ist so weit, seine geliebte Uroma wird ihn verlassen müssen.

Opa Rudolf stand am Fenster, Tony saß rechts an ihrem Bett und Liesel links, beide hielten ihre Hand, dann plötzlich erhob sich Hildes Brustkörper, sie öffnete weit ihre Augen, ihr Körper wurde ganz leicht ....

Es war vorbei!

Hilde hatte den schweren Kampf verloren!

Sie starb mit ihren liebsten Menschen an ihrer Seite.

Tony war untröstlich, Liesel wusste, jetzt muss sie für ihn stark sein. Sie faltete Hildes Hände ineinander und schloss ihrer Mutter die Augen.

Sie nahm ihren Enkelsohn in den Arm und ging mit ihm nach oben in ihre Wohnung, wo ihre Tochter Helga weinend auf sie wartete. Rudolf lief zum Postamt und rief Hildes Arzt an, damit er ihren Tod bestätigte, und sendete allen Angehörigen ein Telegramm, mit der Nachricht, dass Hilde verstorben sei. (Zu dieser Zeit waren Telefone für private Nutzer sehr selten.) Seine Töchter Erna und Petra konnte er telefonisch erreichen. Danach fuhr Liesel mit Tony nach Chemnitz, zum Bestattungsamt, um alle

Formalitäten zu erledigen. Da wurden sie schon von Erna erwartet. Vier Stunden später kam eine Heimbürgerin, sie wusch Hilde, machte ihr Bett frisch und zog ihr etwas Schönes an. Liesel war es sehr wichtig, dass ihre Mutter auf ihrer letzten Reise schön aussieht. Am nächsten Morgen kamen die Angehörigen, um von Hilde Abschied zu nehmen.

Liesel sagte:

„Ich habe bis zu dem Zeitpunkt

als die Leichenträger meine Mutter abholten,

wie eine Maschine funktioniert.

Ich habe meinen Kindern, meinen Enkelkindern und meinem Mann

eine Stärke gezeigt,

die ich im Grunde nicht hatte.

Danach brach ich zusammen!"

1975 † Abschied von ihrer Mutter

Liesels Mutter Hilde verstarb im Alter von 86 Jahren. Sie hatte in der gesamten Familie eine sehr große Lücke hinterlassen. Liesel wusste nicht, wie es ohne ihre Mutter weitergehen sollte. Sie fehlte jede Minute. Sie kannte es nicht einen Tag nur, ohne ihre Mutter zu verbringen, sie war immer Teil ihres Lebens.

Tony verlor seine engste Angehörige,
Hilde konnte er alles anvertrauen.
Für Tony war seine Uroma seine Mutter!

Tony ließ es sich mit seinen sechzehn Jahren nicht nehmen, zusammen mit seinem Vater Heinz, Hildes Sarg zu ihrer letzten Ruhestätte auf dem Rabensteiner Friedhof zu tragen.

Liesel tröstete sich mit den Gedanken, dass ihre Mutter Hilde nun sehr gut aufgehoben sei. Da sie nun keine Schmerzen mehr hatte. Sie dachte oft darüber nach, was sie alles in ihrem Leben durchleben musste. Ihr hatte sie ihr Leben zu verdanken. Hilde hatte ihr gelernt, wie man in der größten Not überlebte, mit ihr hat sie bei den Trümmerfrauen gearbeitet und damit ihre Stadt wieder zum Leben erweckt. Dankbar sieht sie auf die siebenundfünfzig Jahre zurück, in denen ihre Mutter Hilde immer für sie, ihre Kinder und Enkelkinder da war und sie ein großes Stück ihres Lebens begleitete.

Liesels Schwiegersohn Heinz war der Familie in dieser Zeit eine große Stütze. Er nahm sich sofort ein paar Tage Urlaub und unterstützte Liesel bei allen Formalitäten und fuhr sie mit seinem Auto zu allen Behörden.

Von nun an lebte Liesel nur noch mit ihrem Mann Rudolf und ihrer jüngsten Tochter Helga zusammen.

Das Haus war so leer geworden.

Es war eine große Umstellung für alle. Liesel und ihre Familie brauchten sehr lange, um Hildes Wohnung auszuräumen und aufzulösen.

Liesel sagte traurig:
„Wir lebten so dahin
und versuchten mit dem Verlust zurechtzukommen,
es war nicht immer einfach!"

1976 * Liesels fünftes Enkelkind

Im April 1976 wurde Liesels

fünftes Enkelkind Max geboren.

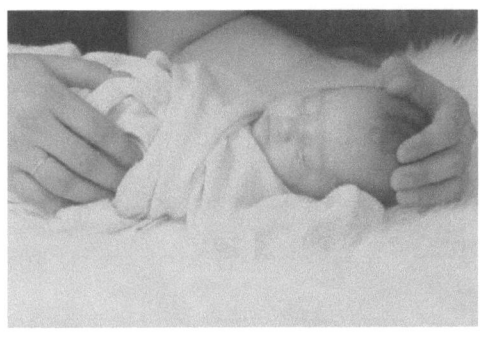

Petra und Peter entschlossen sich dazu,

ihren Sohn nach Petras Großvater zu benennen.

Ganz stolz fuhr
Opa Rudolf sei-
nen Enkelsohn
Max in
Rabenstein
spazieren.

1977 beendete Liesel Tochter Helga erfolgreich ihre Berufsausbildung. Seitdem arbeitet sie als kaufmännische Angestellte im Centrum Warenhaus in Karl – Marx - Stadt.

1978 beendete auch Tony seine Berufsausbildung und wurde in seinem Ausbildungsbetrieb als Vollzeitkraft übernommen.

Ein halbes Jahr später lernten wir uns zu einer Karnevalsveranstaltung im Gasthof zum Goldenen Löwen in Rabenstein kennen.

(Die gleiche Lokalität, in der sich Tonys Eltern damals 1957 kennengelernt hatten).

Ich hatte zu dieser Zeit gerade meine erste Jugendbeziehung nach vier Jahren beendet.

Wie das Leben oft so spielt, verliebten wir uns sehr schnell ineinander. Als es so weit war, dass Tony mich seinen Eltern vorstellte, merkte ich schnell, dass er zu seiner Mutter ein gespaltenes Verhältnis hatte. Mit seinem Vater Heinz und seinem jüngeren Bruder Rainer, damals vierzehn Jahre alt, war er ein Herz und eine Seele.

Zum Osterfest 1979 durfte ich zum ersten Mal Tonys „Strickliesel" und seinen Opa Rudolf kennenlernen. Ich hatte beide sofort in mein Herz geschlossen. Wir führten gute Unterhaltungen, Opa Rudolf wollte alles über mich und meine Zukunftspläne wissen.

Danach besuchten wir Liesel und Rudolf des Öfteren.

Liesels 80er Jahre

Die 80er Jahre brachten für Liesel sehr viel Freude aber auch großen Schmerz und viele Veränderungen.

1980 ∞ Hochzeit von Tochter Helga

Im Januar 1980 heiratete Liesels jüngste Tochter Helga.

Ihre Hochzeit war ein sehr schönes Familienfest. Gefeiert wurde im Gasthof Goldener Löwe in Rabenstein. An diesen Tag merkte man nichts von den vielen Familien-streitigkeiten. Petra war bereits im sechsten Monat schwanger und brachte im April einen gesunden Jungen, namens Jan zur Welt.

1980 * Liesels sechstes Enkelkind

Das war eine Aufregung, sagte Oma Liesel, als Jan das Licht der Welt erblicken wollte. Er hatte es so eilig, dass er schon während des Transportes mit dem Krankenwagen auf die Welt kam.

1980 * Liesels erstes Urenkelkind

Im Sommer 1980 wurde unsere erste Tochter, Liesels und Rudolfs erstes Urenkelkind, Maja geboren. Liesel konnte es nicht glauben, dass sie mit zweiundsiebzig Jahren nun selbst schon eine Uroma ist. Opa Rudolf hatte sich in Maja völlig verliebt. Wenn wir sie in Rabenstein besuchten, legte er die Kleine auf sein Sofa und polsterte mit den vielen Sofakissen Majas Liegeplatz. Er gab ihr die Flasche und sang ihr oft ein Liedchen zum Einschlafen vor. Rudolf war ein richtig stolzer Uropa! Er liebte es, mit Maja auf den Fußballplatz zu marschieren, mit Spannung verfolgten beide das Spiel ihrer geliebten Heimatmannschaft den SG Handwerk in Altendorf.

1982 Rudolfs schwere Erkrankung

1982 erkrankte Rudolf schwer. Er litt immer häufiger an Atemnot, blutiger Auswurf, Abgeschlagenheit und Fieber. Nachdem Rudolf rabiat an Gewicht verlor und starke Schmerzen in der Brust hatte und sein Allgemeinzustand immer mehr zu wünschen übrigblieb, musste Rudolf des Öfteren für ein paar Wochen in ein Krankenhaus. Er bekam die traurige Diagnose:

Lungenkrebs.

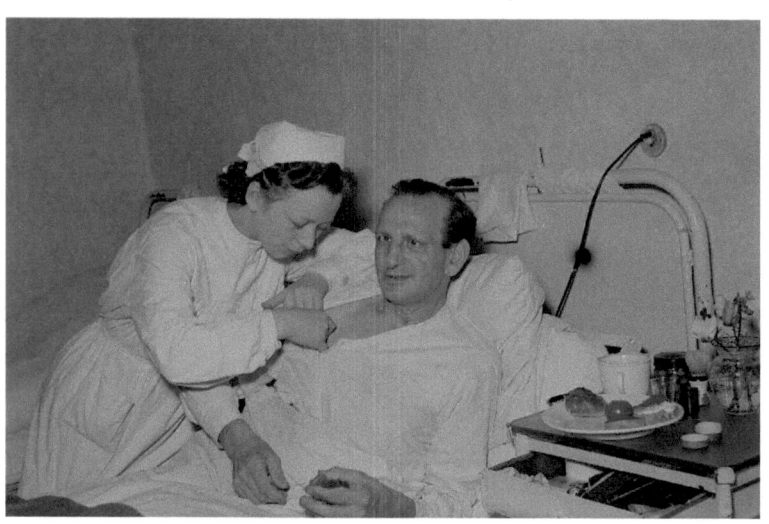

Bildnachweis, © SLUB Dresden / Deutsche Fotothek / Fotograf Abraham Pisarek

Liesel erging es zu dieser Zeit sehr schlecht. Jeden Tag fuhr sie zu ihrem Mann ins Krankenhaus, oft blieb sie den ganzen Tag bei ihm. Unterstützung bekam sie dazu von der gesamten Familie. Ihre gemeinsamen Töchter Erna, Petra und Helga standen ihr immer mit ihren Ehemännern zur Seite. Auch ihre Enkelkinder Gabriele, Tony und Rainer waren immer für sie da.

Rudolf äußerte im Krankenbett oft einen Wunsch, den er noch hatte, unter anderem, seine Familie sollte doch alle Streitigkeiten begraben und zusammenhalten, egal was kommt! Das brachte Erna zum Nachdenken und sie hat ihrem Vater versprochen, dass sie sich mit ihrer Tochter Gabriele aussprechen würde.

Als Tony und ich ihn das letzte Mal besuchten, hatte er sich von uns gewünscht, wir sollten doch, wenn wir noch ein Kind bekommen würden und es ein Junge wäre, ihn Rudolf nennen. Tony und auch ich haben es ihm fest versprochen, sobald wir einen Sohn bekommen würden, dann würde er Rudolf heißen.

1983 † Abschied von ihrem Mann

Im Mai 1983 einen Monat nachdem Liesel in ihre wohl-

verdiente Rente gehen durfte,

verstarb ihr Ehemann Rudolf

nach langer schwerer Krankheit.

Bildnachweis © SLUB Dresden / Deutsche Fotothek / Fotograf Friedrich Weimer

Rudolf hatte ebenfalls eine große Lücke
in Liesels Familie hinterlassen.

Nichts war seit seinem Ableben mehr, wie es einmal war.
Nun musste Liesel ihr Leben ganz allein leben. Die Kinder
und Enkelkinder waren alle aus dem Haus. Jeder hatte
mit sich selbst zu tun. Oft saß Oma Liesel, so wie damals
ihre Mutter, in ihrer Küche auf dem Holzstuhl und
weinte jämmerlich, weil sie nicht wusste, wie es weitergehen sollte.

Trost bekam sie von allen ihren Angehörigen. Doch keiner konnte wirklich nachfühlen, wie sich Liesel nun ganz
allein fühlte. Wir alle standen mitten im Leben, hatten
Kinder und waren voll berufstätig.

Tony hatte sehr lange mit sich zu kämpfen, um den Verlust seines geliebten Opas zu verarbeiten.

Kaum hatte die Familie gelernt, mit dem Schmerz zu leben, schlug das Schicksal erneut gnadenlos zu.

1984 † Abschied vom Schwiegersohn

Es war ein Tag im Juli 1984, Liesels Tochter Erna bekam einen Anruf, als sie bei der Arbeit war, man sagte ihr, ihr Mann Heinz hätte während der Arbeit einen Herzinfarkt erlitten. Der sofort hinzu geholte Notarzt brachte Heinz in ein Chemnitzer Krankenhaus. Erna fuhr sofort zu ihrem Mann. Er lag schon auf der Intensivstation und wurde sehr gut medizinisch betreut. Erna weinte, sie hielt die Hand ihres Mannes und bat ihn, sie nicht allein zulassen. Nachdem Gabriele, Tony und Rainer ebenfalls im Krankenhaus angekommen waren, sagten ihnen die Ärzte, dass Heinz gute Chancen hätte, wieder gesund zu werden. Nach einer Woche Intensivstation wurde Heinz auf eine Normalstation verlegt.
Zwei Tage später erhielt Erna einen erneuten Anruf vom Krankenhaus. Ihr Mann Heinz war plötzlich und völlig unerwartet im Alter von sechsundvierzig Jahren verstorben.

Die spätere Obduktion hatte ergeben, Heinz erlitt eine tödliche Lungenembolie.

Der Schock über die traurige Nachricht, dass Heinz plötzlich verstorben war, lähmte die gesamte Familie. Erna hat diese schwere Zeit nur mit starken Medikamenten durchgestanden. Sie war zu nichts mehr fähig. In dieser Zeit blieb ihre Mutter Liesel für ein paar Wochen bei ihr. Sie selbst hatte noch den Verlust ihres Mannes zu verarbeiten und dennoch schenkte Liesel ihrer Tochter eine gewisse Stärke, die sie im Grunde nicht hatte. Tonys Bruder Rainer, nahm nun den Platz seines Vaters ein. Er wohnte noch zu Hause bei Erna und absolvierte gerade sein zweites Lehrjahr. Gabriele konnte auch der Tod ihres Vaters nicht davon abhalten, sich weiterhin von ihrer Familie fernzuhalten. Die lebte mit ihrem Freund zusammen in Leipzig und hatte jeden Kontakt zur Familie seit Jahren gemieden.

Unsere Tochter Maja, damals gerade vier Jahre alt, konnte es nicht verstehen, dass weder ihr geliebter Uropa Rudolf noch ihr geliebter Opa Heinz nicht zu Hause waren,

wenn wir

Liesel oder

Erna be-

suchten.

Heinz hatte seit dem Mauerbau 1961 regelmäßig alle zwei Jahre eine Besuchserlaubnis zu seiner Mutter und zu seinen Geschwistern in Dortmund gestellt. Diese Anträge wurden jedes Mal ohne Begründung von den Behörden abgelehnt.

Die Mutter von Heinz war schon viele Jahre herzkrank, sie konnte aus gesundheitlichen Gründen, eine Reise zu ihrem Sohn nach Chemnitz nie antreten. Die Behörden in der damaligen DDR interessierte das nicht, sie hatten nur Angst, wenn Heinz nur einmal allein zu seiner Familie fahren würde, dass er in Westdeutschland bleibt und später seine Familie nachholen würde.

Seine Schwester und sein Bruder hatten nach seinem Tod die einmalige Erlaubnis bekommen, zur Beerdigung von Heinz für drei Tage in die DDR einreisen zu dürfen.

1985 * Liesels zweites Urenkelkind

Was noch keiner wissen konnte, als Heinz so plötzlich verstarb, ich war im zweiten Monat schwanger. Wie gerne hätte ich mir gewünscht, dass Opa Rudolf und Opa Heinz das noch miterleben könnten. Als wir Liesel diese freudige Mitteilung machten, sagte sie zu uns: „Eines könnt ihr euch für das Leben merken. Es war schon immer so, wenn in einer Familie ein Mensch geht, kommt ein Neuer. Gott schafft immer einen Ausgleich!"

Im Januar 1985 wurde unsere zweite Tochter, Liesels zweites Urenkelkind Marie geboren.
Auch Tony hätte sich wie Opa Rudolf gern einen Jungen gewünscht, doch nun hatte die Familie wieder ein Mädchen mehr.

1985 ∞ Hochzeit von Joana & Tony

Im August 1985 heirateten
Tony und ich. Liesel freute
sich, dass wir nun unsere
wilde Ehe aufgeben wollten
und zusammen mit unseren
Kindern eine richtige Familie
werden. Auch wir waren der
Meinung, dass es zur Ord-
nung gehört, wenn zwei Kinder da sind, dass man den
Bund der Ehe eingeht.

Auch wir hatten uns dazu entschlossen, nur im Kreise
der Familie unseren Tag zu feiern.
Liesel übernahm sofort die Aufgabe, in der Zeit der
Trauung, auf unsere jüngste Tochter Marie aufzupassen.

Nachdem bei Tonys Mutter, nach dem tragischen Verlust ihres Mannes, der Alltag wieder einkehrte, zog sie zusammen mit ihrem jüngsten Sohn Rainer 1986 in eine kleinere Wohnung am Stadtrand von Chemnitz, ihr Auto wurde verkauft, da Erna selbst keinen Führerschein besaß. Oma Liesel war ihr nach wie vor eine große Stütze. Erna hätte gern gewollt, dass Liesel mit zu ihr in die neue Wohnung zieht. Doch Liesel hatte dieses Angebot dankend abgelehnt.

Sie sagte zu Erna:

„Ich bleibe, wo ich bin, da bin ich zu Hause."

Tony und ich halfen seiner Mutter natürlich beim Umzug, auch Helgas Mann hatte sie tatkräftig dabei unterstützt. Ich für mich, habe immer einen Weg gefunden, mit meiner Schwiegermutter so weit, wie es möglich war, auszukommen. Doch warm wurde ich leider nie mit ihr. Wenn wir die Wahl hatten, wem wir am Wochenende besuchen, dann sind wir lieber zu Oma Liesel gefahren.

Wie unsere Familie erst später erfuhr, hatte auch Tonys ältere Schwester Gabriele 1985 heimlich, still und leise ihren Freund Andreas geheiratet und ist mit ihm zusammen im Jahr 1988 in die Bundesrepublik Deutschland ausgewandert. Keiner von uns wusste etwas davon.

1989 Die Wiedervereinigung

Schon in den 80er Jahren sagte uns Liesel voraus, dass
der Tag kommen würde, an denen die innerdeutsche
Grenze der DDR verschwinden würde. Alle die zu der Zeit
bekannt gewordenen Ausschreitungen der Bevölkerung
deuteten darauf hin. Unter der Bevölkerung machte sich
immer mehr Unmut breit.

Bildnachweis © SLUB Dresden / Deutsche Fotothek / Fotograf Grahn Berlin

Es folgten gewaltlose Montagsdemonstrationen, in denen der Regierung deutlich klar gemacht wurde, dass "wir das Volk sind". Nur den vielen tausenden Demonstranten ist letztendlich der Fall der Mauer zu verdanken.

Nachdem die Wirtschaft in der DDR daraufhin völlig zusammenbrach und uns die Zukunft und die Ausbildung unserer Kinder sehr wichtig waren, wanderte ich mit meiner kleinen Familie im Dezember 1989 ebenfalls nach Bayern aus. Liesel war darüber sehr traurig, aber sie konnte uns verstehen. Ich erinnere mich an einen Satz, den unsere Oma Liesel damals zum Abschied sagte.

Sie sagte zu uns:

„Meine liebe Joana, mein lieber Tony, glaubt bitte nicht, dass der Fall der Mauer, nur Gutes mit sich bringt."

Liesel begründete ihre Meinung mit einem Farbenspiel.

„Sobald man die Farben Schwarz und Weiß

miteinander vermischt,

wird immer nur die Farbe Grau entstehen

und niemals ein strahlendes Weiß."

Heute weiß ich, unser „Strickliesel" hatte Recht!

Als nach der Wiedervereinigung die Wirtschaft der Region Chemnitz, so wie in ganz Ostdeutschland fast völlig zusammenbrach, war auch der ehemalige VEB Polar bedroht.

In dieser wirtschaftlichen Extremsituation erhielt die Gründerfamilie Bruno Barthel im Rahmen der Reprivatisierung verstaatlichter Betriebe ihr Unternehmen zurück.

Bildnachweis © by Maximo

Liesels 90er Jahre

Oma Liesel kam mit der Wiedervereinigung und mit den darauffolgenden Veränderungen richtig gut klar. Sie genoss es von nun an die vielen leckeren Lebensmittel täglich zur Verfügung zu haben. Die Währungsumstellung war für sie mit ihren zweiundsiebzig Jahren kein Problem.

Bildnachweis © SLUB Dresden / Deutsche Fotothek / Fotograf Manfred Uhlenhut

Erst nach der Wende hatten Oma Liesel und meine Schwiegermutter Erna ein Anrecht auf Witwenrente. Somit ging es den beiden Frauen finanziell etwas besser. Liesel bekam für ihren Mann Rudolf eine sehr gute Witwenrente, da er als Kriegs Invalider eingestuft wurde.

Liesel sagte:
„Und damit begannen die
Familienstreitigkeiten,
an sich zu häufen."

Im Laufe der Jahre musste auch Liesel, immer öfters die traurige Erfahrung machen, dass der Wohlstand den Charakter, einiger ihrer Familienmitglieder sehr negativ veränderte.
Als ihre Tochter Petra 1995 damit begann, sich mit ihrer Familie ein kleines Haus zu bauen, stand ihre älteste Tochter Erna Kopf. Sie hatte ihrer Mutter vorgeworfen, dass sie den größten Teil des Hauses bezahlen würde.

Liesel wusste damals nur eine Antwort auf so viel Unver-
nunft.

Liesel sagte damals zu Erna:
„Wie dir bekannt ist, habe ich drei Kinder. Ich habe nie
ein Kind bevorzugt, war immer für alle gleich da, egal in
welcher Situation. Ich habe bei Geschenken für meine
Kinder, Enkelkinder und Urenkelkinder nie Unterschiede
gemacht, alle bekamen die gleiche Summe. Dazu habe ich
mit meiner Arbeitskraft all die Jahre versucht, meinen
Kindern unter die Arme zu greifen, soweit mir das möglich war."
Von diesem Tag an musste Liesel sich eingestehen, dass
Erna auf ihre Geschwister eifersüchtig und neidisch ist.

Liesel:
„Das war für mich eine sehr bittere Erfahrung, die ich im
Alter von siebenundsiebzig Jahren machen musste."

1998 Liesels erster Urlaub

Zu ihrem
achtzigsten Geburtstag, im April 1998,
lies ihre Tochter Petra
Liesels größten Traum Realität werden.

Liesel reiste zusammen mit ihrer Tochter Petra und
ihrem Schwiegersohn Peter nach Ägypten.

Es war das erste Mal, dass Liesel in ein Flugzeug stieg.

Oft hatte sie diesen Wunsch geäußert, doch nie daran

geglaubt, dass er einmal in Erfüllung geht.

Schon immer wollte sie die prächtigen

Pyramiden, die Wüste und das Meer sehen.

Nachdem Petra sich über ihren Gesundheitszustand vor

Reiseantritt genau informiert hatte, ging die Reise los.

Liesel war so gespannt, auf den Moment,

wo das Flugzeug in Leipzig abhebt.

Ihre Rundreise begann in Kairo, da sah sie die Pyramiden von Gezih der Pharaonen Cheops und Mykerinos. Sie war hell auf begeistert als sie die Ramses Statue in Memphis und die alte Stufenpyramide des Pharaos Djoses direkt vor Augen hatte.

Sie genoss es in Alexandria, im Mittelmeer zu schwimmen und im Sand spazieren zu gehen.

Liesel spazierte genüsslich mit ihrer Tochter Petra durch den grünen Montaza Park in Alexandria.

Sie sammelte unglaublich viele interessante Informationen im Ägyptischen Museum in Kairo.

Kaufte lustig mit ihrer Familie auf dem Khan el-Khalili
Basar Mitbringsel für die Da-
heimgebliebenen ein.

Stand bei Nacht voller Staunen weinend vor der Stanley Bridge, als sie ihre Tochter in den Arm nahm

und sagte:

„Du hast es dir verdient Mama."

Fast noch ein Jahr nachdem Liesel von ihrer Reise zurück war, erzählte sie noch immer, wenn wir sie sahen oder telefonierten, von den vielen Eindrücken, die sie erleben durfte.

Wir freuten uns für unsere Omi!

Ihrer Tochter Erna hatte das Geschenk, welches ihre Schwester Petra ihrer Mutter zum achtzigsten Geburtstag machte, völlig missverstanden. Sie drehte die ganze Geschichte so, als hätte Liesel die gesamte Reise für alle drei finanziert. Es gab großen Ärger mit Erna, sie war der festen Überzeugung, dass Petra und Helga Liesel sie nur unterstützen, weil sie ihnen dafür viel Geld regelmäßig zukommen lasse.

Wieder zeigte sie ihren krankhaften Neid und ihre Missgunst.

Petra hatte versucht, die Missverständnisse aufzuklären. Sie wollte doch nur ihrer Mutter einmal dankbar sein, für alles das, was sie in ihrem Leben geleistet hatte. Sie schätzte es, dass ihre Eltern ihr ein Studium ermöglichten und sie somit einen guten Start ins Leben hatte.

Petra hatte im Gegensatz zu ihrer Schwester Erna, nie ihre Kinderstube vergessen.

Doch Erna hörte nicht zu, sie blieb bei ihrer Meinung, dass Liesel alle Kosten der Reise getragen hatte.

Daraufhin vollzog Erna gemeinsam mit Liesels Enkelkind Rainer und dessen zwei Kindern, den vollendeten Bruch mit ihrer gesamten Familie.

Liesel hatte es damals nie verstanden,
dass ihre Tochter so heftig reagierte,
hatte aber im Laufe der Jahre
ihren Entschluss akzeptiert.

Liesels 2000er Jahre

2005 Liesels erster Umzug

Im Jahre 2004 stand Liesel vor einer sehr schweren Ent-
scheidung. Sie bekam den Bescheid, über den Abriss ihres Wohnhauses, in dem sie seit 1944 ihre Wohnung an-
gemietet hatte. Ein Investor hatte das gesamte Grund-
stück gekauft und hatte einen Neubau eines Autohauses
schon geplant. Liesel setzte man eine Frist von einem
Jahr, um auszuziehen. Es war für sie, in ihrem Alter sehr
schwer zu akzeptieren, aus der Wohnung ausziehen zu
müssen, in der sie sechzig Jahre wohnte.
Ihre Tochter Petra hatte ihr damals sofort angeboten,
dass sie ihren Hausstand auflöst und zu ihr ins Haus
ziehe. Aber Liesel wollte es zu dieser Zeit nicht. Noch
wollte sie selbstständig ihren Alltag bewältigen und un-
abhängig sein.
Zusammen suchten wir für Liesel einen geeigneten
Wohnraum. Ihr war es sehr wichtig, in der Nähe ihres

alten Wohnortes zu bleiben. Wir fanden eine schöne Zweizimmerwohnung, im Erdgeschoss eines Mehrfamilienhauses, nur vier Straßen weiter. Dieses Haus wurde 2003 modernisiert und hatte acht senioren- und behindertengerechte Wohnungen zu bieten.

Unsere Familie hatte erst Bedenken, dass es Liesel zu schwerfallen würde, ihre Wohnverhältnisse aufzugeben. Doch sie nahm es gelassen. Auch, dass sie sich nun von einigen Gegenständen trennen musste, war für sie völlig in Ordnung.

Oma Liesel sagte damals:

„Was brauche ich denn noch? Ich bin siebenundachtzig Jahre alt, da benötigt man nicht mehr so viel. Ich freue mich auf meine neue, kleine Wohnung!"

Allen Familienmitgliedern fiel damit ein Stein vom Herzen und machte die ganze Situation viel einfacher.

Zum Umzug von Oma Liesel halfen ihre Töchter und Schwiegersöhne mit, auch mein Mann Tony war vor Ort.

Liesel selbst hatte im Vorfeld angegeben, was sie alles mitnehmen möchte und was nicht. Am Tag des Umzuges hatte sie sich für drei Tage in Petras Haus einquartiert. Sie fühlte sich sehr wohl in ihrer neuen Wohnung und hatte sich schnell eingelebt. Sie vermisste das Heizen mit Kohlen und das Wasser auf dem Hausflur nicht. Ganz im Gegenteil, sie hatte es genossen, täglich ganz unkompliziert Duschen zu können.

Petra und ihr Mann übernahmen von nun an die Betreuung von Liesel und kümmerten sich dazu auch um die finanziellen Angelegenheiten.

Liesel meinte dazu:

„Ich habe jetzt ein richtig schönes Leben. Am Wochenende holt mich meist Petra oder Helga zu sich nach Hause. Bei ihnen kann ich mir immer ein genüssliches Bad in aller Ruhe und ohne Anstrengung gönnen. Mit ihnen verbringe ich die Wochenenden, mache mit ihnen Ausflüge oder wir besuchen Familienfeste zusammen.

Sie meinte dazu:

„Was brauche ich in meinem Alter mehr?"

Gerne hätte sie sich gewünscht, dass auch die Beziehung zu ihrer Tochter Erna so wäre, doch sie hatte sich seit nunmehr sieben Jahren nie mehr bei ihr gemeldet. Liesel meinte, sie hat gelernt, damit zu leben, doch weh tut es immer noch!

Sie musste in den letzten Jahren oft die Erfahrung machen, dass in unserer heutigen Welt die Kinder respektlos und materiell erzogen werden. Liesel hat es akzeptiert, auch wenn sie es nie verstehen wird.

2010 Liesels erste schwere Erkrankung

Sie erzählte uns damals:

„Ich bemerkte schon seit längerem, dass bei mir etwas nicht stimmte. Ich hatte immer weniger Appetit, habe daraufhin weniger gegessen und nahm an Körpergewicht ab. Dazu war ich sehr oft müde und abgeschlagen. Ich bekam Schmerzen im Rücken. Bisher nahm ich meine gesundheitlichen Veränderungen, als Altersschwäche an. Ich erinnere mich an den Tag, an dem ich sah, dass ich sehr dunklen Urin hatte. Da wurde mir Angst und ich bat sofort meine Tochter Petra, einen Termin bei meiner Hausärztin zu veranlassen. Schon einen Tag später durfte ich zusammen mit meiner Tochter in die Praxis kommen. Meine Ärztin veranlasste sofort alle notwendigen Untersuchungen.

Zwei Tage danach bekam ich die Einweisung in ein Krankenhaus. Meine Ärztin teilte mir sehr vorsichtig mit, dass auf Grund der Untersuchungsergebnisse der Verdacht auf ein Nierenzellkarzinom (im Volksmund Nierenkrebs) bestand. Ich habe damals nicht darüber nachgedacht, was diese Krankheit für mich bedeuten könnte, ich habe alles auf mich zukommen lassen."

Zwei Wochen Krankenhausaufenthalt folgten. Die Verdachtsdiagnose ihrer Hausärztin hatte sich leider bestätigt. Liesel hat ein Nierenzellkarzinom.

Nach vielen intensiven Untersuchungen entschied sich das Ärzteteam, auf Grund des hohen Alters, (damals zweiundneunzig Jahre alt) und das damit verbundenen Risikos, auf eine Operation zu verzichten. Man sagte ihr, dass in ihrem Alter zu erwarten sei, dass der Tumor nur sehr langsam wächst.

Liesels Tumor war noch sehr klein und hatte auch noch nicht gestreut, so dass zu dieser Zeit Knochenmetastasen auszuschließen waren.

Sie bekam über Infusionen Elektrolyte, Analgetika (Schmerzmittel), Eisen, Vitamine und Spurenelemente verabreicht. Dazu musste Liesel ab sofort sehr viel trinken und bekam Physiotherapie, zusätzlich wurden ihr Thrombosespritzen verabreicht.

Omi kam wieder zu Kräften, ihre Werte hatten sich stabilisiert. Nach ihrem Krankenhausaufenthalt hatte sie Petra zu sich ins Haus geholt. Nach zwei Wochen Verwöhnurlaub bei ihrer Tochter bestand sie darauf, wieder in ihre eigene Wohnung zurückzugehen.

Und so kam es, Liesel lebte ihren Alltag wieder allein. Bekam weiterhin ihr Mittagessen auf Rädern geliefert, Frühstück und Abendessen bereitete sie sich selbst zu. Zu ihren regelmäßigen Nachuntersuchungen wurde sie immer von Petra begleitet. Die Ärzte waren sehr zufrieden mit ihr.

Sie hatte ihre schwere Erkrankung akzeptiert, angenommen und hatte gelernt, damit zu leben.

Unsere Oma Liesel sagte damals:

„Die Jahre gingen ins Land, ich lebte so vor mich hin. Wochentags erledigte ich täglich meine anfallenden kleinen Hausarbeiten, ging einmal in der Woche zu meinem Seniorensport. Meine Einkäufe erledigte ich zusammen mit meinen Töchtern Petra oder Helga.

Krank war ich bis in das Jahr 2010 so gut wie nie. Ich lebte genügsam, von allem nur ein wenig.

Früher als ich noch jünger war, kam es auch einmal vor, dass ich zu einer Familienfeier ein paar Zigaretten mit rauchte und ein Gläschen Wein oder ein paar Liköre trank. Aber ich habe diese Genussmittel nie zur Gewohnheit werden lassen."

Liesel im Jahre 2017

Oma Liesel hat bis September 2017 noch allein in ihrer Zweizimmerwohnung gelebt. Wochentags bekam sie weiterhin ein warmes Mittagessen pünktlich geliefert. Leichte Hausarbeiten erledigte sie allein. Am Abend sah sie fern oder telefonierte mit ihren Kindern, Enkeln, Urenkel- und Ururenkelkindern.

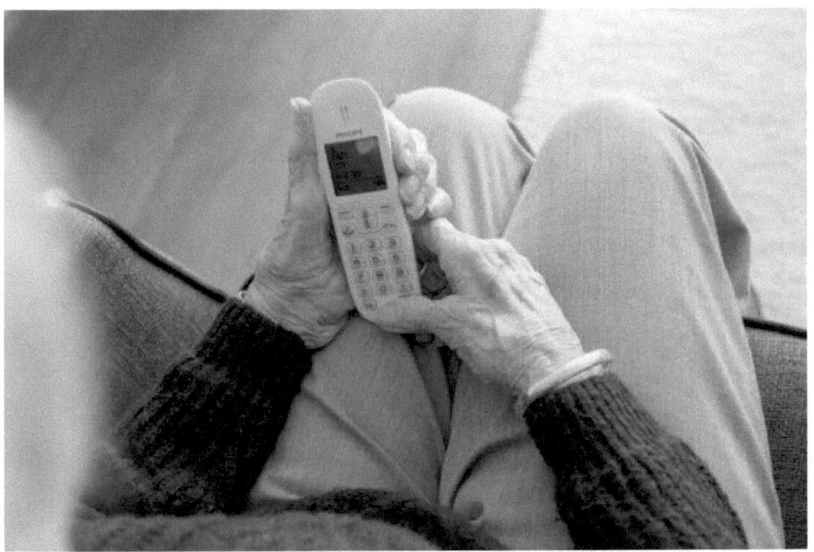

Oma Liesel liebt spannende Fußballspiele, ihre Top Mannschaft ist und war Borussia Dortmund. Sie verpasste bisher kein Spiel von den Schwarz/Gelben.

Nur für Filme oder Reportagen aus den Kriegszeiten hat Oma Liesel nie etwas übrig.

Sie sagte immer:

"Ich habe das alles miterlebt und habe so viele meiner Angehörigen in den Kriegen verloren, das muss ich mir nicht immer wieder ansehen."

Die Wochenenden verbrachte sie weiterhin bei ihren Töchtern Petra oder Helga.

Im Oktober 2017 hatte sich Liesel in Absprache mit ihrer Familie dazu entschieden, nun endgültig ihren Hausstand aufzulösen, um ihren Lebensabend ganz bei Petra im Haus zu verbringen.

Bis zu ihrem 100. Geburtstag wurde Omas Wohnung aufgegeben. Petras Mann hat ihr ein sehr schönes Zimmer eingerichtet, in welches sie sich zurückziehen kann, wann immer sie mag. Dazu bekam sie alle nötigen Hilfsmittel, die ein alter Mensch braucht, um in Würde alt werden zu dürfen. Petra ist selbst schon Rentnerin und wird sich täglich um ihre Mutter kümmern. Dazu bekommt sie von ihren Kindern, Enkelkindern und Urenkel jede Unterstützung, die sie benötigt, dass es Liesel an Nichts fehlt.

Sie lebte von nun an nach dem Motto:

„Gestern ist Vergangenheit.
Heute ist ein Geschenk.
Morgen ist ein Geheimnis."

„Gestern ist Vergangenheit.

Heute ist ein Geschenk.

Morgen ist ein Geheimnis."

Wenn wir sie besuchten oder mit ihr telefonierten, erzählte sie uns von ihrer Vorfreude auf ihren 100. Geburtstag. Diskutierte mit vollem Elan mit meinem Mann Tony über die neuesten Bundesligaergebnisse und wie es wieder zu einer erneuten Schlappe von Borussia Dortmund kam. Oft habe ich nur den Kopf geschüttelt und mich gefragt, woher diese Frau so viel Kraft und Lebensmut, mit nun schon 100 Jahren nimmt.

Oma Liesels Einstellung zu ihrem Leben mit 100 Jahren

„Ich habe mein Leben gelebt mit
allen Höhen und Tiefen,
die ein Mensch
überhaupt erleben und
ertragen kann."

„Ich habe mein Leben gelebt mit

allen Höhen und Tiefen,

die ein Mensch

überhaupt erleben und ertragen kann."

Oft nahm Liesel sich ein Bild von
ihrem Mann Rudolf zur Hand,
zu sehr würde sie sich wünschen,
dass er heute noch an ihrer Seite wäre!

Auch wenn Rudolf nun schon vor 35
Jahren verstorben war,
fehlte er ihr doch jede Minute und sie erinnert sich,
an all die schönen Erlebnisse mit ihm!

2018 – 100 Jahre Liesel

Am 04.04.2018 feierten wir dieses
außergewöhnliche Fest im Kreise der Familie.
Dazu gratulierten viele weitere Gäste der Jubilarin.

Liesels Wunsch,

dass **alle** ihre Kinder, Enkel, Urenkel und Ururenkel

an ihrer Geburtstagstafel zusammensitzen,

ist leider nicht in Erfüllung gegangen.

Eine ihrer Töchter, ein Enkelsohn und zwei Urenkelkinder

mit den dazugehörigen Familien

sind leider nicht erschienen.

Auch unsere jüngste Tochter Marie,

die vor mehr als sechs Jahren

den Bruch mit unserer gesamten Familie vollzogen hatte,

ist mit ihrem Mann und ihren

zwei Kindern leider ferngeblieben.

Wir alle fanden das sehr, sehr traurig!

Sie hatte schon früher oft davon gehört,

dass sich Familiengeschichten meist wiederholen,

damals glaubte sie kaum daran.

Doch jetzt mit 100 Jahren,

weiß sie, dass es stimmt.

Dazu hatte Liesel nur eines zu sagen:

„Wenn das kleinste Glied unserer Gesellschaft,

die Familie,

nicht zusammenhält,

dann hat unsere Gesellschaft,

auf Dauer keine Chance!"

Sie war immer eine Frau, die versucht hatte, ihre gesamte Familie zusammenzuhalten. Bis zur Nachkriegszeit ist es ihr auch gelungen, doch als der Wohlstand bei den Menschen einzog, zog leider auch der Neid, die Missgunst und die Familienstreitigkeiten mit ein.

Allen Familienmitgliedern, die trotz aller Bemühungen, nicht zu ihrem Fest erschienen waren, hatte sie ein paar Worte zu sagen:

„Es gibt Wichtigeres im Leben,

als ständig seine eigene Geschwindigkeit zu erhöhen,

nur um alles besitzen zu müssen!"

Sie hatte damals 1932 eine Ausbildung in der Handschuhfabrik Bruno Barthel in Chemnitz zur Strickerin begonnen und erfolgreich abgeschlossen. Von da an, arbeitete sie ununterbrochen bis 1983. Sie war ihren Arbeitgeber 51 Jahre treu.

Nach der Verstaatlichung in der DDR und der Reprivatisierung nach der Wiedervereinigung durch die Gründerfamilie wird auch heute noch am Standort Chemnitz unter dem Firmenname - maximo Strickmoden - gestrickt, genäht, verpackt und versendet, so wie damals 1932, als sie ihre Lehre als Strickerin in diesem Unternehmen begann.

Der heutige Geschäftsführer Herr Merk, der Urenkel vom damaligen Gründer Bruno Barthel, hatte es sich nicht nehmen lassen, Oma Liesel als treue und zuverlässige Mitarbeiterin zu ihrem 100. Geburtstag aufzusuchen und ihr persönlich zu gratulieren.

Unser „Strickliesel" ist ein Teil seiner Firmengeschichte.

Liesels Botschaft an die Menschen

"Ich bete für meine drei Kinder, sechs Enkelkinder,

acht Urenkelkinder und

neun Ururenkelkinder,

sowie für die gesamte Welt,

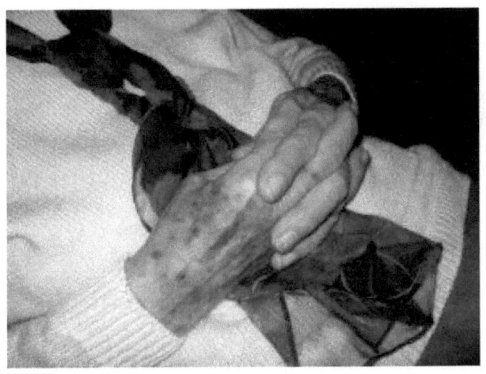

dass ein erneuter Krieg,

wie ihn die Welt noch nicht erlebt hat,

nicht schon von den

wichtigsten Großmächten auf dieser Welt,

die uns Menschen für ihre Machtspiele nur benutzen,

mit einer beispiellosen

Aufrüstung geplant wird!"

Liesel hatte es nach ihrem 100. Geburtstag akzeptiert, dass ihr Platz im Zug ihres Lebens in absehbarer Zeit freiwerden würde. Sie war über jeden neuen Tag, an dem sie noch allein am Morgen aufstehen konnte, sehr dankbar. Erfreute sich an den regelmäßigen Telefonaten, die sie mit ihren Lieben führen durfte. Sie blühte bei jedem Besucher, der sich für sie viel Zeit genommen hatte, unglaublich auf und führte mit ihnen ausführliche und sehr interessante Gespräche.

Der außergewöhnliche Sommer 2018, in dem es über lange Zeit sehr heiß war, setzte Liesel zu. Sie baute körperlich sehr ab, aß sehr wenig und war oft müde. 100 Jahre Leben nagte immer mehr an ihrer Gesundheit. So oft es uns möglich war, fuhren wir nach Chemnitz, um mit ihr noch viel Zeit verbringen zu können. Jeder Abschied war immer wie ein Abschied für immer. Keiner von uns konnte wissen, ob wir unsere Omi jeweils wiedersehen würden.

Am Weihnachtsfest 2018 hatte Liesel nur noch einen einzigen Wunsch, sie hätte zu gern alle ihre Töchter für ein paar Stunden bei sich gehabt. Doch leider ging auch dieser Wunsch für sie nicht in Erfüllung.

Im Januar 2019 musste Liesel aufgrund ihres schlechten Gesundheitszustandes erneut in ein Krankenhaus. Sie wurde auf eine spezielle Aufbaunahrung eingestellt. Eine eigens für sie zusammengestellte Trinknahrung, bestehend aus hochwertigem Eiweiß für den Muskelaufbau, Kohlenhydrate für den Energiehaushalt, Fette als wichtige Energiequelle, Vitamine und Mineralstoffe, für die Immunabwehr.

Zeitgleich wurde bei ihr eine sehr schnell fortschreitende Demenzerkrankung diagnostiziert.

Nach zwei Wochen Krankenhausaufenthalt konnte Liesel wieder in einem altersbedingten guten Gesundheitszustand nach Hause entlassen werden.

101 Jahre Liesel

Am 04.04.2019 durfte Liesel im Kreise ihren Lieben ihren 101. Geburtstag feiern. Sie bestand unbedingt darauf, dass sie noch einmal mit allen ihren Geburtstagsgästen in einem Restaurant lecker Essen gehen würde.

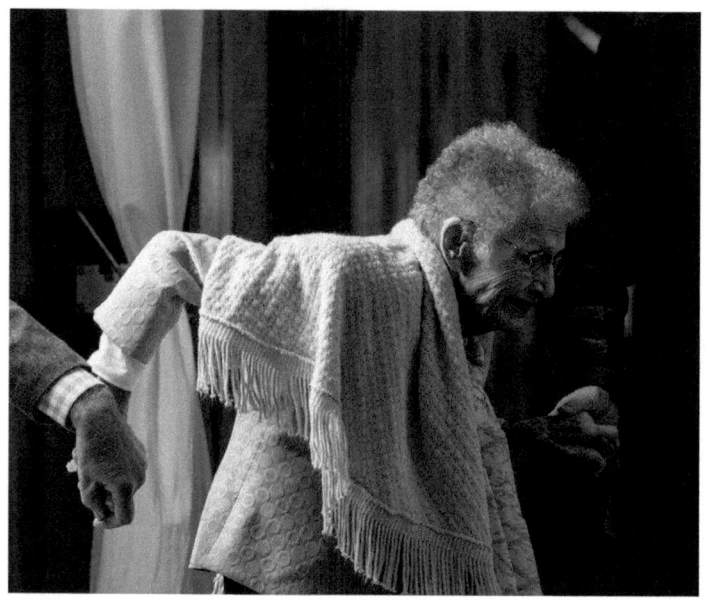

Sie hatte ihren großen Wunsch, alle ihre Töchter, Enkelkinder, Urenkelkinder und Ururenkelkinder an ihrer Geburtstagstafel sitzen zu haben dieses Mal nicht laut

geäußert. Ihre Tochter Erna, ein Enkelsohn und zwei Urenkelkinder mit den dazugehörigen Familien sind trotz
größter Bemühungen leider wieder nicht erschienen.

Auch unsere jüngste Tochter Marie, die vor mehr als
mittlerweile neun Jahren den Bruch mit unserer gesamten Familie vollzogen hatte, ist mit ihrem Mann und ihren zwei Kindern leider wiederholt ferngeblieben.

Auch wenn Liesel sich zu dieser Zeit nur noch mit einem
Rollator sehr langsam fortbewegen konnte, ihr Augen-
licht deutlich nachgelassen hatte, sie kaum noch einen
Bissen feste Nahrung zu sich nehmen konnte und ihr
Gedächtnis immer mehr nachgelassen hatte, hörte sie
niemals auf, am gemeinsamen Familienleben teilzuhaben.
Auch wenn sie den Gesprächen kaum noch folgen
konnte, erfreute sie sich, wenn Besucher sie aufsuchten.
Ab Juli 2019 konnte sie nur noch sehr selten ihr Bett
verlassen. An guten Tagen schaffte es ihre Tochter
Petra, die sich jeden Tag sehr aufopferungsvoll um ihre
Mutter kümmerte, sie in einen Rollstuhl zu setzen, damit

sie mit ihr etwas im Sonnenschein spazieren gehen konnte.

Liesel wurde von dieser Zeit an aller zwei Tage von ihrer Hausärztin aufgesucht. Ab dem Herbst 2019 verweigerte sie jegliche Art von Nahrung. Ihre Trinkmenge reduzierte sie nur auf das Nötigste.

Am 20.03.2020, zwei Wochen vor ihrem 102. Geburtstag ist unsere Oma Liesel, im Kreise ihrer Lieben, still und leise aus dem Zug ihres Lebens ausgestiegen!

Ruhe in Frieden Liesel!

Mit Respekt
und großer Dankbarkeit
verneigten wir uns hochachtungsvoll
ein letztes Mal
vor unserer Oma Liesel!

Ich bedanke mich im Namen aller Familienangehörigen bei unserer Oma Liesel, für die vielen wunderschönen Jahre, die wir mit ihr zusammen verbringen durften. Wir alle möchten diese Zeit nie missen, sie hat unserer Familie so viel gegeben.

Danksagung

Mein großer Dank geht an die Geschäftsleitung des Unternehmens maximo - Strickmoden, an Herrn Udo Thierfelder von CHEMNITZGESCHTE.DE., und an das gesamte Team von der Deutsche Fotothek und ihren Fotografen: Franz Grasser, Richard Peter jun., Erich Höhne/Erich Pohl, Richard Peter sen., Paul Schulz, Alwin Reichel, Wolfgang Knochenhauer, Erich Meinhold, Rudolf Zimmermann, Paul John W., Elfride Apel, Hermann Krauße, Bonitz, Alwin Reichel, Norbert Vogel, Grahn Berlin, Manfred Thonig, Friedrich Weimer, Christian Borchert, Manfred Uhlenhut, Arthur Krause, Erich Höhne-Erich Pohl, Wolfgang Schröder G., Roger & Renate Rössing, Günther Hanisch, Fritz Eschen, Beckmann, Kurt Beck, Verwalter Gerhart Bettermann, Franz Stoedtner, Abraham Pisarek, Siegfried Bonitz, Erich Andres, Erich Heller, Germin und den vielen unbekannten Fotografen von der Deutsche Fotothek - , SLUB Dresden, die mir ihre Bilder für dieses Buch zur Verfügung gestellt haben. Ohne Ihre Hilfe und Unterstützung hätte ich dieses außergewöhnliche Buch nicht schreiben können!

Datenschutzrechtliche Bestimmungen

Unter Beachtung der datenrechtlichen Bestimmungen und aus Rücksicht auf alle noch lebende Familienmitglieder und deren Persönlichkeitsrechte, habe ich in der Chronik über unserer Oma Liesels Leben, alle Namen und Daten geändert. Etwaige Ähnlichkeiten zu lebenden Personen oder Orten sind zufällig!
Ich habe absichtlich in diesem Buch eine größere Schriftgröße gewählt, damit auch die älteren Leser, dieses Buch vereinfacht lesen können.

Herzlichst

Ihre Joana Peters

www.joanapeters.de